U0643525

名门之后的复兴之路

格兰特的生意经

Gelante de shengyijing

[美] 霍瑞修·爱尔杰 著
陈安易 译

百花洲文艺出版社
BAIHUAZHOU LITERATURE AND ART PRESS

目 mulu 录

第 1 章

电　报

“你的电报，安迪！”亚瑟·培根一边说着，一边走进安迪·格兰特的房间。

“电报！”安迪重复道，他微微感觉有些不妙，因为这两个字意味着一定发生了什么紧急的事——很可能是坏消息。他撕开信封，看到上面有几个字：

速回家。有事发生！母

“会是什么事呢？”安迪不禁困惑起来，“不管怎么说，妈妈肯定没事，因为电报是她发过来的。”

“怎么了？”亚瑟问道。

“我不知道。你可以自己看。”

“你必须回家吗？”亚瑟问道，声音里流露出一丝遗憾。

“是的。什么时候有火车？”

“下午3点。”

“我想搭乘这列火车。现在我必须去见克拉博博士。”

“你难道不回来了吗？”

“我也不知道。我现在什么都不知道。我想我父亲一定出了什么事。”

克拉博博士正坐在图书馆他的办公桌旁边（当时是星期六下午，学校不上课），安迪敲了敲门。

“请进！”博士声音低沉地说道。

安迪打开门，走进房间。克拉博博士微笑着，因为安迪是他最喜欢的学生。

“进来吧，安迪·格兰特！”他说，“我能为你做些什么？”

“让我回家。我刚刚收到了一封电报，您看。”

博士今年55岁，前额突出，看起来很聪明。他戴着一副眼镜，让他看起来更像一位博学的学者——事实上他也是。

“天啊！”他说，“这真是太不幸了！还差两个星期学期就结束了，而你又是最优秀的学生。”

“非常抱歉，先生，或许我能够赶回来。”

“不管怎样，如果可以的话，一定要赶回来。我可不希望任何一位学生缺席。”

“谢谢您，先生，”安迪感激地说，“今天下午3点有一班火车，我想搭乘这班火车。”

“去吧！但一定要告诉我情况，即使你不能回来。”

“我肯定会写信的，博士。谢谢您！”

潘赫斯特学校是一所依靠捐赠来维持的学校。由于人们会向这所学校提供大量的捐赠，所以这所寄宿学校的收费还是相当合理的——每年只要300美元，全部费用都包括在内。

这所学校有着良好的声誉，这在很大程度上是因为克拉博博士的高尚品格和天赋，他担任这所学校的校长已经有25年了。博士一离开达特茅茨就来到这所学校，这么多年来，他一直把自己的大部分精力都投入到了自己的工作当中。

安迪在这里就读已经两年多了，他在拉丁文和希腊文方面很有天分。几个月以后，他就要去读大学了。

克拉博博士打算送他去自己的母校——达特茅茨，因为他相信这对安迪·格兰特有好处，可以为他的学术生涯留下良好的记录。事实上，事情已经定下来了，安迪·格兰特的父母准备接受博士的建议，让他去达特茅茨。

从潘赫斯特到安迪父母所在的亚顿之间一共是50英里。安迪下午3点动身，5点就到了亚顿火车站。

当安迪走在站台时，他看见了邻居的儿子罗兰·亨特。

“你好吗，安迪？”罗兰很高兴地欢迎道，“你怎么回来了？放假了吗？”

“不，家里给我发了封电报。难道——他们都还好吗？”

“据我所知，还好。”

“太好了，”他说，“我正担心家里是不是有人生病了呢！”安迪松了一口气。

“不会的，我们是邻居，有人生病的话，我一定知道。”

“我父亲还好吧？”

“说到你父亲，我听说他头有点痛，但并不严重。”

“你要回家吗？如果是的话，我可以跟你一起走回去。”

“不用了，叔叔的马车就在对面。我可以带着你，还有你的行李。”

“谢谢你，罗兰。行李很重，而且离家还有一英里呢！我很高兴接受你的帮助。”

“把行李放进来吧！”罗兰开心地说，“收费25美分。标准价！”

“没关系！”安迪笑着回答，“大家都还好吗？”

“很好，尤其是莉莉。你们是很好的朋友，是吧？”

“是的！”安迪笑着回答。

“她想念你比想念我还要多许多。”

“女孩通常不喜欢自己的哥哥。如果我有个妹妹，我想她肯定喜欢你比喜欢我多一些。”

罗兰把安迪送到家门口。

需要说明的是，格兰特先生拥有一个50公顷的农场，再加上他投资3000美元购买了政府债券，所以他的收入相当不错。他们的家就坐落在农场中间，房子不大，但安迪跟弟弟罗伯特（通常被称为罗比）在那里生活得很开心。

安迪打开院子的大门，手里拿着自己的行李，走到房屋的前门。一切看起来都跟他在开学离开的时候没什么两样。但安迪现在看它们的感觉可有些不同了。

当时他心情好极了，一心只想着回到学校。可是现在他却不知道家里到底发生了什么事。

格兰特太太在屋子后面，安迪就坐在房间里，直到母亲发现他回来了。于是她赶紧从厨房里走出来——她一直在那里准备晚餐。她一直愁容满面，但迎接儿子的时候，她脸上还是出现了一丝笑容。

“收到我的电报了吗？”她问道，“我没想到你这么快就能回来。”

“一收到电报我就动身了，妈妈，我很着急。到底发生了什么事？你们都还好吗？”

“感谢上帝，我们都很好。只是发生了一些不幸的事。”

“什么事？”

“内森·劳伦斯，本顿银行的收银员，带着银行的2万美元逃跑了。”

“这跟爸爸有关系吗？他又没在那家银行存那么多钱。”

“劳伦斯先生用你爸爸的名义买了6000美元债券。”

“我明白了，”安迪神色凝重地回答，“爸爸会损失多少钱？”

“全部。”

这就是所发生的事情。对于一个生活并不是太富裕的人来说，这确实是一个沉重的打击。

“我想这会给我们的生活带来很大变化？”安迪问道。

“是的。你爸爸的财产主要是这个农场和他买的3000美元政府债券。所以你爸爸必须拿3000美元债券还债，而且还要把这个农场抵押3000美元。”

“农场值多少钱？”

“不超过6000美元。”

“那就是说爸爸的财产基本上被洗劫一空了。”

“是的，”母亲难过地说，“从今以后，他再也收不到任何分红了，而且还要向银行支付3000美元利息，利率是6%。”

“一共是180美元，也就是说，我们的收入一共会减少超过300美元。”

“是的，安迪。”

“我一年的学费也就是这么多。”安迪低声说道。

他现在开始渐渐意识到这次事故将会给自己带来怎样的影响了。

“恐怕，”格兰特太太声音颤抖地说，“你不得不离开学校了。”

“当然，我必须离开，”安迪说道，声音里流露出一丝他自己也没有感觉到的欢愉，“我今后的任务不是去上学，而是要学会帮助爸爸一起承担起这份债务。”

“这对你太残酷了，安迪。”母亲同情地说道。

“我肯定会很难过，妈妈。但还有很多孩子都无法上大学。我的情况并不比他们更糟糕。”

“很高兴你能这么想，安迪。事情发生之后，我跟你爸爸首先想到的就是你。”

“谁会接受爸爸的农场抵押呢，妈妈？”

“卡特先生说他愿意。他今天晚上会来这里，跟我们一起讨论这件事情。”

“这可不是好兆头，妈妈。他是一个强硬的家伙。只要有机会占爸爸的便宜，他是不会有任何犹豫的。”当格兰特先生走进房间的时候，安迪感觉他比平时苍老了5岁。他看起来非常难过，完全失去以往欢乐而开心的神采。

“你妈妈告诉你了吗？”他问道。

“是的，爸爸。”然后他又愤愤地接着说，“劳伦斯真是个坏家伙！”

“我想他一定是受到了诱惑，”格兰特先生缓缓地说，“这是我今天早晨收到他写给我的一封信。”

安迪从父亲的手里接过信封，打开一看，只见上面写道：

老朋友：

当你收到这封信的时候，你或许已经听说我对你所做的一切，以及我所带给你的损失。对我来说，这是最让我感到难过的，因为我担心你永远都无法恢复过来。但我只能离开。我不能在那里等着接受惩罚，因为他们会把我绑起来，让我没有任何时间弥补我的过失。我为什么会做这样的事呢？我也无法解释，只能说是因为疯狂。我在失去理智的情况下拿走了银行里的一些基金，把它们投资到华尔街。结果投资失败，我越陷越深，一味希望自己能够有好运气，把从银行里偷走的钱补上。很多人都会这么做。

我也没什么好说的了，只能说我会尽最大努力把你损失的钱还给你。这可能要用很多年时间，但我希望我们都能够活到那一天。

内森·劳伦斯

安迪默默地看完了这封信，把它还给了父亲。“您相信他真的这么想吗？”他问道。

“相信。他有很多优点，而且我觉得他跟我有一种特殊的亲近感。”

“他这种表达亲近的方式倒真的很特别。”

“他这个人意志薄弱，经不住诱惑。这样的人有很多。”

“您相信他会弥补您的损失吗？”

“我不知道。他这个人做生意还是有些天分的，说不定他能够做些事情，可是他这次一共从银行偷走了2万美元。”

“我们必须尽早渡过难关，爸爸。您每年在我身上花掉300美元，这还不包括帮我买衣服的钱。如果把这笔钱省下来，就可以帮你弥补损失。”

“可是亲爱的孩子啊，我可不想牺牲你的前程。”

“不会的，”安迪充满信心地说，“它只会改变我的前程。当然，我必须放弃上大学，但我做生意一样可以成功。”

“你会很辛苦。”格兰特先生难过地说道。

“不会的，爸爸。我承认，刚开始的时候我确实感到有些难过，但说不定最后结果会更好一些呢！”

“你是个好孩子，安迪。我不应该冒这么大的险，即使是为了像劳伦斯这样的朋友。”

“你认识劳伦斯先生很多年了，不是吗，爸爸？”

“是的，在学校的时候我们就认识。我想他是一个不错的人。但我不应该把四分之三的财产拿来冒险。”

“你不应该受责备的，爸爸。您太相信他了。”

“是的，我太相信他了。”格兰特先生叹气道。

“而且他或许会偿还你的损失。”

虽然安迪这么说，但他只是为了减轻父亲的遗憾，因为他也不大相信这个逃跑的收银员和他所做的承诺。所以当看到父亲的脸色开始好一些的时候，他也感到很开心。

“你让我感到高兴，安迪，”父亲说，“我并不是在为自己担心，我只是在考虑你和你母亲。”

“我们也在为您担心呢！”安迪说，“情况可能会变得更糟。”

“我不明白还会糟糕到什么地步。”

“我们身体都好，感谢上帝！您的声誉也没有受到影响。相较之下，内森·劳伦斯却要被迫背负着耻辱逃往他乡。”

“你说得对。他比我更可怜。”

“他结婚了吗，爸爸？”

“没有。他是个鳏夫。”

“我们都不要再为对方担心了。我们应该相信上帝，希望能够得到最好的结局。”

“妈妈说您打算从卡特先生那里筹些钱。”安迪说道。

“是的，他答应我用这个农场抵押3000美元。”

“我听说他是一个相当蛮横的人，爸爸。我觉得他可能不怀好意。”

“我没时间去考虑他的动机。他只要能给我钱就够了。但我可能会因此失去农场，然后我们就没什么可以指望的了。”

大约7点钟的时候，卡特先生出现了。安迪帮他开门。

他是一个身材高大、脸色红润的人，因为他知道自己是镇上最有钱的人，所以总是一副煞有介事的样子。

“晚安，安迪，”他说话的样子总是那么正式，“你是从学校赶回来的吗？”

“是的，先生。”

“哈！这可真叫人难过。我会尽量帮助你父亲渡过难关的。他真是太蠢了，居然为了那个劳伦斯冒这么大的风险。”

安迪本来也同意这个乡绅的观点，可是他却不喜欢听到有人责备自己的父亲。

“我想他也意识到自己这样做不太明智，卡特先生，”安迪说，“您难道不进来吗？”

“我想你父亲在家吧？”乡绅一边走进前厅，一边说道。

“是的，先生。他一直在等您呢！”

安迪打开了房间的门，格兰特先生从摇椅上站起身来，向来访者表示欢迎。“很高兴见到你，先生，”他说，“请坐火炉那边吧！”

“谢谢！”乡绅威严地说，“既然答应了，我就会来。我可不会因为邻居发生了不幸就不理他。”

除了他那屈就的口气之外，他的话还会让人更加感激。因为看他的样子，他实际上是在说：“看看，我是一个多么善良的人啊！”

不知道为什么，一想到自己的父亲会向这样的人借钱，安迪就不禁感到越来越难过。“真的越来越像秋天了，”乡绅一边搓着手，一边说，“我想我对寒冷更加敏感，因为我家里到处都是暖气。”

“我希望我们能够让您感觉舒适，卡特先生。”格兰特太太这时刚好走进房间，听到卡特最后一句话。

“哦，是的，格兰特太太。我很能适应环境。”

“您真是太善良了。”安迪突然想说道，可是他还是忍住。现在得罪这位村子里的大人物可不划算。

“你们把安迪叫回来了。”乡绅指了指安迪，说道。

“是的。我们也不能让他继续留在潘赫斯特学校了。”

“这个决定非常明智。他在那里会花多少钱？”

“每年学费300美元。”

“上帝保佑！这可太奢侈了！请原谅我这么说，但我认为你们确实很不明智。这让人感觉确实是在浪费钱。”

“您难道不觉得教育重要吗，先生？”格兰特太太问道。

“是的，但为什么他不能在这里得到所需要的教育呢？”

“因为这里没人会教拉丁文和希腊文。”

“拉丁文和希腊文对他有什么好处？我丝毫不懂拉丁文和希腊文，但我可以毫不夸张地说我很成功。我相信村子里的人都很佩服我，不是吗？”

“毫无疑问，您确实是个大人物，先生。可是这孩子喜欢学语言，他想上大学。”

“我可不会送我的儿子去上学，即使我能负担得起。”

“或许他也根本不想去读书。”

“不，我的孩子很聪明。他对自己父亲所拥有的条件很满意。如果你的孩子去读大学，你们将来想让他做什么？”

“他想成为一名教师或教授。”

“那些都是穷职业，格兰特。我的一位同学也在一所中学当老师——告诉你吧，他现在可穷啦！”

“钱不是一切啊，先生！”

“钱是很重要的，处在现在的情形，你们必须承认这一点。好了，我们谈点正经事吧！”

第 2 章

安迪离开学校

“你需要筹集3000美元，是吗，格兰特？”乡绅说道。

“是的，先生。”格兰特先生难过地说道。

“3000美元可是一笔不小的数目。我想说，如果你用农场做担保来筹这些钱，可不是一笔小数目。”

“这个农场花了我6000美元。基于损益，低于这个数字，我是不会卖的。”

“它现在只能卖5000美元。被迫出售时还不一定能卖这个价格。当然，你对它有感情，所以对价格有不合理的估计。”

“这个农场不错，产量很高。而且它的位置也很好，这里的建筑也都很好。”

“是的，还可以忍受，”乡绅谨慎地说，“可是现在的情况是，你想要3000美元，而我可以让你得到这笔钱。我可以让你抵押两年时间，利息跟平时一样，6%。”

“两年？”农场主人格兰特不安地重复道。

“是的，我不确定我能否把这笔钱借给你更长时间。我给你两年时间来还钱。”

“但我不可能在两年时间里还清这笔钱啊！事实上，利息和日常开销就会花掉我所有收入。”

“那我就不管了。”

“你是说两年之内就会提前取消我赎回农场的权利吗？”

“不一定。我可能不会那么快就要用钱。而且，你也可以找其他人来从我这儿接手。”

“不能是5年吗，先生？”农场主人恳求道。

卡特先生摇了摇头。“不行。你可以接受，也可以拒绝。我并不急着接受你的抵押，而且如果我的条件不合适，我们还可以谈。”

“不用麻烦了，先生。我接受你的条件。”

“明智。从我的观点我看不出5年对你会有什么好处。”

“我的儿子安迪今年16岁。等到他21岁的时候，他或许能够帮助我。”

“机会不大——除非他娶了个有钱人。”乡绅笑着说道。

“我想你们会让他在家里帮你们打点农场？”

“我们还没谈过这件事。我想尽可能征求他的意见。务农可赚不了多少钱。你打算让你的儿子做什么？”

“康拉德或许会成为一名商人，或者是银行家。”乡绅骄傲地说，“身为我的儿子，他确实有很大优势。好了，生意谈完了，我也该走了。如果你明天中午打电话给托威尔律师的话，他会安排好所有的文件，我可以给你支票。”

“谢谢你，先生。我会去的。”

“如果你不想让安迪在农场上工作，我可以替他想一想，看看能不能帮他安排一份工作。”

“谢谢你。我很高兴他能够工作养活自己。”

由于学期再过不久就要结束，所以安迪得到父亲的许可，重新回到学校等到学期结束。回到学校之后，他立即去见了校长克拉博博士，告诉他自己必须离开学校。

“我真的很遗憾，安迪，”博士说，“你是我最好的学生之

一。或许是最好的。学费我可以优待你半价，只收150美元，直到你上大学。”

“谢谢您，克拉博博士，”安迪感激地回答，“您非常善良，但即使这个数目，以我父亲目前这种情况，恐怕也付不出来。除此之外，我恐怕也不能上大学了。”

“真的非常遗憾，”校长关心地说，“我不敢肯定，但我愿意完全免收你的学费。”

“谢谢您，但我想我还是要马上开始工作帮助父亲。仅仅减少开支是不够的。”

“毫无疑问，你说得对。我尊重你的决定。如果有任何需要我帮助的地方，你可以随时跟我联络。”

“我想如果您能够帮我写封推荐信，那将会对我有所帮助，我可以在找工作的时候用到它。”

“我很高兴帮你写推荐信。”说完，博士就帮他最喜欢的学生写了一封一流的推荐信。

当学校里的人听说安迪要离开学校的时候，大家都感到很难过。一个12岁的小男孩（杜德利·卡梅隆，安迪最好的朋友）跑来问他是否能想办法留下来。

“如果我写封信给爸爸，请他寄给你1000美元的话，你可以留下来吗？”小男孩急切地问道。

“不，杜德利，千万别这么做。即使你爸爸跟你一样愿意给我钱，我也不能接受。我必须通过工作来帮助父亲。”

这位好朋友热心的帮助，以及同学们的同情和遗憾，这一切都让安迪感到高兴。一想到人们会怀念他，他就感觉很开心。就在学期结束的那天，安迪从克拉博博士手里接过了一等奖学金。“请带上我最好的祝福，安迪，”可敬的校长说，“以后有任何安排的话，请及时通知我。”

跟大家告别之后，安迪踏上回家的旅程。一个崭新的生活正呈现在他面前，但他并不知道前途到底如何。

回到亚顿之后，他开始走回家。突然听到有人叫自己的名字。回头一看，他发现是乡绅唯一的儿子，康拉德·卡特，此刻他正骑着自行车呢！

“你从学校回来了吗？”康拉德好奇地问道。

“是的。”安迪简洁地回答道。他一向不喜欢康拉德，他喜欢摆架子，没有人喜欢他。事实上，在亚顿再也没有一个男孩子比康拉德更令人讨厌了。

“你会有个很长的假期。”康拉德说着，一边大笑起来。

“是的，我想是的。”

“哦，这对你再好不过了。你父亲送你去上学的时候，我觉得那简直太愚蠢了。如果亚顿语法学校对我足够好，它对你也应该够了。”

“没有人阻止你去上学啊！”

“我知道。我爸爸有钱供我上学，即使花再多钱也没关系。你想去上大学，不是吗？”

“是的。”

“对一个像你这样的穷孩子来说，这种想法太愚蠢了。”

“当然，你的年龄和经历让你这么觉得。”安迪说道，他并不想掩饰自己的讽刺之情。

“我建议你不要太独立了，”康拉德不高兴地回答，“你要回农场工作吗？”

“是的，我会在那里待到我找到工作。”

“我可以跟爸爸说一声。他或许可以让你当个听差。”

“我想那工作不适合我。”

“为什么不？”

“我想去商店里学做生意。”

“我毕业后也要去学做生意。当然，我现在并不着急。”

“我想也是。”

“我想你不知道我爸爸接受了你爸爸用农场做抵押吧？”

“是的，我知道。”

“如果不能按期还钱，我爸爸就会拿走你家的农场。”

安迪没有回答，他只是觉得康拉德比以前更加让人讨厌了。于是他改了个话题："这是一辆新自行车，是吧？"

"是的，这辆很贵。你不想要辆自行车吗？"

"想啊！"

"但你永远也不会有的。我要走了。我很快就会看到你骑着马耕地的样子了。"

当康拉德骑着自行车离开的时候，安迪自言自语道："如果像康拉德那么让人讨厌，我宁愿不当有钱人。"

父亲所经历的变故实在太突然了，以致安迪也无法立即决定该如何为自己找份工作。但他也没有闲着。农场上还有些工作需要完成，他脱掉自己的制服（因为潘赫斯特是一所军事学校），穿上务农时穿的衣服，开始帮父亲做些农务。即使是心里感觉很遗憾，他也没有表现出来，因为他不愿意让父亲感觉更加难过。

有一天，当他正在玉米田里工作的时候，康拉德·卡特来了，他靠着篱笆，看着安迪工作，脸上一副很开心的样子。

"哦，你这么着急想当农夫啊！"他说，"你穿这身衣服看起来很合适。"

"真的吗？谢谢你的夸奖。"安迪冷静地回答。

"你可以一直穿着。说不定你当农夫比做生意更适合。"

"我想我做什么都能成功。可是你却恰恰相反，你总是那么谦虚，不装腔作势。”

“你什么意思？”康拉德问道，脸不禁红了起来。

“我想奉承你一句，但如果你不喜欢，我可以收回。我可以说你既不谦虚，又会装腔作势。”

“如果你总是这么跟我说话，我马上就走，”康拉德傲慢地说，“这可能有些莽撞，考虑到……”

“考虑到什么？”

“考虑到我爸爸可能会在两年后把你们都赶走。如果你总是这样跟我说话，我会很高兴让你走，就像刚才那样。傲慢和贫穷不可能同时出现在一个人身上。”康拉德挑衅地说道。

“我既不想傲慢，也不想当个穷光蛋。”安迪笑着回应。

“这家伙总是惹我生气，”康拉德想，“总有一天他会后悔的。”

5分钟之后，安迪的好朋友瓦伦丁·伯恩斯来到了这里。他父亲在村子里有家商店，是亚顿最有名的人物之一。

“做得很辛苦吧，安迪。”他说道。

“你不想帮帮忙吗？”

“不，我太忙了。一放学就要跑到商店里工作。你想去参加野餐吗？”

“什么野餐？”

“下星期四下午的主日学校野餐。两家教堂都参加。所有的年轻人都会出席。如果你到过学校，你应该听说过这件事情。”

“我肯定会去。亚顿有很多有趣的事情都不应该错过。我想野餐会上一定有一些吸引人的事情。”

“是的，还有一件特别的事情。城里来了位先生，现在正住在旅馆，他说如果谁能在最短的时间里把船划到对岸，他就会奖励给谁10美元。”

“距离大概是半英里，对吧？”安迪说，“我想你可以得到奖金，瓦伦丁。你有一艘很棒的船，可以好好练习一下。”

“再练也不行，我不是一个好划手。”

“谁会赢呢？”

“康拉德·卡特相信自己会得到这笔奖金。亚顿没有人可以跟他竞争，除了……”

“除了谁啊？”

“安迪·格兰特。”

“我不知道，”安迪若有所思地说，“我可以划得很好——可是那是以前。我好久没有练习了。”

“为何不用我的船重新练习一下呢？”瓦伦丁马上说道。

“谢谢你，瓦伦丁。距离野餐会还有多少时间？”

“5天。5天你可以做很多事情。”

“我想赢到这10美元。我想去城里为自己找份工作，可是我又不愿意向爸爸要钱。”

“10美元应该够你去城里，你可以在那里待上一两天。”

“是啊！瓦伦丁，我接受你的提议。康拉德也在练习吗？”

“是的，他每天下午都去练习。”

“我只有晚饭后有时间。”

“那今天晚上就开始吧！你知道我把船放在哪里。我6点半的时候在船库里等你，你可以去那里找我。”

“好的。你真是个好朋友，瓦伦丁。”

“我尽量吧！但我这么做并不只是因为我们的友谊。”

“那还因为什么？”

“我希望有人打败康拉德。他现在简直让人无法忍受，如果他赢了这笔奖金，那情况只会变得更糟糕。”

前景池塘就在村子外面不远的地方。水面平静，人们都喜欢到这里野餐聚会。康拉德·卡特、瓦伦丁·伯恩斯，还有其他两三个年轻人都有自己的船，还有一个叫塞尔温的人也有几艘船可以出租。

村子里最棒的船当属瓦伦丁和康拉德的。康拉德不喜欢其他的船跟他的一样出色，但对于这点，他也没有办法。所以只能安慰自己说他划船的技术要比瓦伦丁好多了。

他整个下午都在练习，陪伴他的是邻居的孩子约翰·拉尔金。约翰站在岸上，帮康拉德计时。

“好了，约翰，我划得怎么样？”康拉德测试了一下，然后问道。

“很好。”约翰说道。

“这么说，村子里没人是我的对手了？”

“我想不出来谁可以跟你竞争。瓦伦丁的船也不错……”

“我不承认这个。”康拉德嫉妒地说道。

“我觉得他的船跟你的一样好，”约翰没有受康拉德的影响，接着说，“但他无法跟你竞争。”

“我觉得也是。”

“吉米·莫里斯划船的技术不错，但他没有自己的船，所以他必须租塞尔温的船。你知道那些船都是什么货色。”

“他无法跟我比，不管用什么船。”康拉德说道。

“可能是吧！我也不知道。”

“哦，你应该知道，约翰·拉尔金。”

“我有我自己的观点，康拉德。”约翰一副男子汉气概。

“如果瓦伦丁把他的船借给吉米，我们就知道结果了。”

“他不会的。他自己也想参加比赛。”康拉德说道。

“就目前的情况来看，我想你会赢得这笔奖金。”

他们并没有谈到安迪·格兰特，这点可能会让读者感到奇怪，但事实上，安迪在亚顿的朋友们至少有两年时间没有看到安迪划船了。

事实上，安迪一直都是潘赫斯特学校的冠军划手，只是亚顿的人不知道这件事罢了。平常放假的时候，安迪很少划船，他把时间都用在其他事情上面了。

“我怀疑安迪·格兰特现在是否能划船？”约翰·拉尔金说道。

“他现在种玉米和马铃薯比划船更高明一些，我想。”康拉德笑起来说道。

“他可是个一流的高手。”约翰认真地说道。

“他又穷又骄傲，就是那副样子。我今天早上在农场里见到他了，他居然侮辱我。”

“你确定不是你在侮辱他吗？”

“约翰·拉尔金，如果你不能更加尊重我，我想我无法跟你交往了。”

“喔，我也可以跟瓦伦丁或是安迪做朋友。”约翰说道。

“我爸爸可以买下他们两家的财产。”

“这对你没什么影响，不是吗？为什么你那么着急赢得那笔奖金呢？是因为钱吗？”

“不，如果我想要10美元的话，爸爸会给我的。不是因为钱，而是因为荣誉。”

“如果我像你这样练习，我也想去参加。我可不介意为自己赚上10美元。”约翰·拉尔金说，“让我试你的船吧！”

“你可以试10分钟。”

“我希望你能给我足够的时间，让我划完全程。”

“可以。休息完了之后，我要再划一圈。”

约翰·拉尔金跳上了船，用力地划了起来，但他很快就被船的主人叫了回来。约翰开始怀疑跟康拉德交朋友到底有什么好处——他总是那么自私。

“我希望有人能打败你，”约翰想，“但我不知道谁能做到这一点。瓦伦丁的水准只能勉强过得去，吉米·莫里斯没有自己的船。”

很快，康拉德心情愉快地划回来了。他比上一次纪录加快了45秒钟。

“我肯定会赢得奖金的。”他兴高采烈地说道。

由于安迪只在晚上划船，而康拉德在下午练习，所以这两个未来的竞争对手一直没有相遇；康拉德也没有意识到安迪正准备跟他竞争。

瓦伦丁看到安迪划桨的样子，不禁感到惊讶。练习还没有结束的时候，安迪就已经表明了自己是个一流的划手，这让他的朋友感到非常满意。

“你肯定经常到体育馆里练习。”瓦伦丁说道。

“是的。体育馆的教练是个全能运动员，他给我们很多特殊的指导，对我们帮助很大。他是哈佛大学毕业生，以前曾经参加过校队。”

“是这样啊！你划船的姿势是康拉德所不会的。”

“可能他没有接受过任何指导吧！”

“他能划成现在的样子，完全是靠着个人练习。他划桨的时候很用力，但他的动作让人感觉很粗糙，一点都不流畅。而且，他划水的时候也很快。”

“这点很重要。他的速度跟我比起来怎么样？”

“按照你今天晚上的速度，我想你们之间的实力将会非常接近。但这只是第一个晚上。如果持续每天练习的话，我想你会赢的。”

“很高兴你能这么说，”安迪说，“我可不是为了荣誉去参加这场比赛，我是为了那10美元，这对我非常有用。你的船很好，瓦伦丁。康拉德的船跟你的船相比怎么样？”

“我也不知道该怎样在两个当中挑选。他的船很棒，但我的船也很好。”

“我想这里没有其他船跟你们的一样好了。”

“是的。塞尔温的船都太老式，而且都已经用了很多年。如果你用他的船去跟康拉德比赛，你肯定会输。”

“那如果我赢了，我应该感谢你啊！”

“我很高兴能帮你赢得奖金，即使是间接帮忙也好。但这毕竟还是要看你的技术了。所以一定要持续练习啊！”瓦伦丁笑着说。

“我会的。”

“我希望你能赢，而且我想让康拉德输。我希望他现在还不知道你要参加比赛的消息。”

野餐的前两天，瓦伦丁在父亲的商店里遇到了康拉德。

“你要参加野餐会的比赛吗？”康拉德问道，“只有你的船可以跟我比个高低。你难道没有练习吗？”

“还不确定。我一直都在划船啊！”

“那我要小心了。”康拉德一点也不担心地说道。

“或许最终赢得奖金的不是你就是我。我们可以先试一下吗？这对我们两个都有好处。”

“我不介意。什么时候？”

“明天下午……”

“好啊！下午4点在池塘那边等你。”

两个孩子按照约定来到了池塘边，比赛开始了。虽然瓦伦丁

用尽了全力，可是康拉德还是轻松地打败了他。

“就这样吧！你不会是我的对手。”康拉德骄傲地说道。

“恐怕你说得没错。”瓦伦丁鬼笑了一下。

“虽然已经划得不错了，但你还需要更多练习。我想除了我之外，你是最棒的了。”康拉德一副屈就的口气。

“是的，我知道我必须多练习。”

“没有必要练习了，我赢定了。”康拉德自言自语道。

需要说明的是，虽然康拉德并不关心奖金的数量，但他平时花销很大，父亲给他的零用钱虽然也不少，但总是不够他用。所以他也开始盘算怎样花掉这笔奖金，在他看来，这笔钱无疑已经赢到手了。

终于，野餐会的日子来到了。在这之前每个人都充满了焦虑，大家一直在担心天气是否会出问题。但让大家感到高兴的是，这天天气好极了，艳阳高照，温度也很适合。两边的年轻人们都兴致勃勃，希望能够玩得开心。

比赛时间在下午3点半。时间到了，主日学校的主管走上前来，说：“多谢来自纽约的盖尔先生的慷慨，本次比赛将向获胜者提供10美元的奖金。所有的船都从桥柱那边开始，划到池塘对岸，然后折返回来。我敢肯定，这一定是本次野餐会上最为有趣的特色。比赛选手请各就各位。”

第一个走上来的是康拉德·卡特。他穿着一身漂亮的水手服，充满自信的样子。他看了看四周，想找瓦伦丁，虽然瓦伦丁的船就停在池塘边，但他本人却丝毫没有走上前来的意思。

“你不参加吗，瓦伦丁？”康拉德吃惊地问道。

“是的，我把船借给安迪·格兰特了。”同时，安迪穿着跟平时一样的衣服，走进了瓦伦丁的船。

康拉德惊讶地皱起眉头。他非常失望瓦伦丁没有参加比赛，但却又很高兴能有机会打败安迪。因为从来没有听说安迪也会划船，所以他感觉有些惊讶。“他一定是个傻瓜，居然想跟我争。”他自言自语道。

接下来是吉米·莫里斯，他走到塞尔温的一艘船上。

还有两个男孩也租了船参加比赛，其中一个叫丹尼斯·卡莱尔，是约翰·拉尔金的朋友。

当所有的船都并排排好之后，裁判发出了信号。

康拉德第一个开始。其他人紧跟其后。安迪并没有太用力，但他的动作非常流畅，这是其他参赛选手所没有的。

盖尔先生是这场比赛的赞助者，自己也是个划手，他注意到了安迪。“那个孩子是谁？”他指着安迪问道，“我以前好像没见过他。”

“他是安迪·格兰特，农场主人格兰特的儿子。”

“为什么我以前没见过他呢？”

“他一直在学校读书——在潘赫斯特学校。”

“他懂得划船。你看他划桨的样子，而且划得很好。如果他赢得这场比赛，我丝毫不会感到奇怪。”

“什么，赢康拉德·卡特？”裁判仿佛感到不可思议。

“是的，很容易看出他是接受过专业训练的，虽然康拉德划桨的力气很大，但他只是个乡村业余划手罢了。”

康拉德专心地划船，根本没机会关心对手。快要到达对岸指定地点的时候，转头一看，康拉德发现安迪正紧跟着自己。

安迪显然没有用尽全力，但他的动作有力而稳定，而且一点也不激动。康拉德第一次意识到这个对手不容忽视。掉转头之后，康拉德和安迪开始处于领先位置。随后是吉米·莫里斯，最后是丹尼斯·卡莱尔。

后者努力追赶上来，结果一不小心掉到了水里。“别管我啦！”他开玩笑地叫道，“我只是洗个澡罢了。”于是其他的选手开始继续按照之前的顺序往前划。

但这情况并没有持续很久。安迪突然赶了上来，一下子超过了康拉德。康拉德看到一个自己曾经鄙视过的对手正划着瓦伦丁的船跑到前面的时候，这个年轻的贵族几乎不敢相信自己的眼睛。

他因为愤怒而脸红，拼命想夺回自己失去的位置。但可能是因为太激动，结果反而不能发挥自己的实力。让他更感到生气的是，他看到安迪一直处于领先地位，而且好像根本不费任何力气。他划桨的动作流畅而平稳，即使是那些没有练习过的旁观者也能看得出来，他的实力显然高过所有其他选手。

最后到达终点的时候，安迪超过了康拉德五桨的距离，超过了吉米·莫里斯十二个桨。这让所有的观众都大感意外，大家开始欢呼起来。

“恭喜安迪·格兰特！”

安迪笑了起来，他举起帽子，向大家表示感谢。

“你为自己争得了荣誉，”盖尔先生走上前去，向这位年轻的胜利者表示感谢。“你懂得划船。你在哪儿学的？”

“潘赫斯特学校。培训我的是一位曾经在哈佛参加过专业训练的老师。”

“他懂划船，你也是。我很高兴能发给你这笔奖金。”

康拉德脸色阴沉地在一旁听着，突然一下子跳到岸上，一转身就离开了。

“康拉德可真的太失望了！”瓦伦丁说，“安迪，这下子你可让自己成了名人啦！”

第 3 章

慷慨相助

康拉德垂头丧气地回家。他本来打算在没人注意的情况下溜回自己的房间，可是他父亲还是看到了他。

“你赢得比赛了吗，康拉德？”他笑着说道。

“没有，我没赢。”康拉德痛苦地说道。

“难道是瓦伦丁·伯恩斯打败了你？是谁赢得了奖金啊？”

“安迪·格兰特。”

“他会划船吗？”卡特先生大吃一惊叫道。

“是的，会一点。”

“可是他打败了你？”

“我告诉您怎么回事吧！”康拉德已经想好该怎么说，“直到我们往回划到一半的时候，我还一直领先，只是我的胳膊突然非常痛。我想一定是扭伤了。当时安迪就在我后面，所以他冲到前面，赢得了比赛。”

卡特先生一点都没有怀疑康拉德的故事。他的傲慢影响了自己的家人以及所有跟他有关系的人，而且他也为康拉德是村子里最优秀的划手感到满意。

“格兰特家的孩子在哪里学的划船？”他问道。

“我听他告诉盖尔先生说是在学校里学的。”

“你觉得他是你的对手吗？”

“当然不是。我领先他好几英里呢！”

“可惜你的胳膊扭伤了，这太不幸了。你最好告诉你妈妈一声，她可以帮你擦点药。”

“我会的，”康拉德狡猾地说，“我宁愿输给其他人也不愿输给那个安迪·格兰特。他会没完没了地摆架子。而且，我还很想要那笔钱。”

“这没问题，我可以补偿你。这是两张5美元的钞票。”

“谢谢您，爸爸，”康拉德说着，心满意足地把钱放到口袋里。“真幸运，我想到了扭伤，”他自言自语道，“不管怎么说，被那个要饭的打败总是件丢人的事。”

“你知道康拉德怎么解释自己失败的事吗，安迪？”第二天瓦伦丁去找安迪时说道。

“我不知道。”

“他说自己扭伤了胳膊。”

“如果这让他感觉好些，我不反对。”安迪笑了笑。

“他爸爸给了他10美元，所以他不会损失任何钱。但大家根本不会相信他编的故事。”

“这笔钱对我很重要。”安迪说道。

这天下午，安迪在去邮局的路上遇到了盖尔先生。

华特·盖尔是一位大约25岁的年轻人。他的样子很讨人喜欢，而且举止温和。他非常喜欢孩子们。

“你好，安迪，”他说，“昨天的比赛一定很辛苦吧！你恢复得怎么样了？”

“哦，是的。我习惯划船了，所以不怎么觉得累。”

“我听说康拉德为自己的失败感到屈辱。”

“我想是的。他本来以为自己一定会赢。”

“如果你不参加比赛，我想他确实能赢。”

“他告诉瓦伦丁·伯恩斯说自己扭伤，所以才输。”

“我想如果他承认自己是被打败的，那样可能会更好一些。你今天晚上有时间吗？来旅馆找我吧！我会很高兴多了解一些你的情况。”

“好的，先生。”安迪高兴地接受了邀请。他喜欢这个年轻人，而且感觉他很可能会成为自己一位真正的好朋友。

这天晚上大约7点钟，他离开了农场，来到旅馆的时候，他发现盖尔先生正坐在阳台上。

“我正在等你呢！”盖尔先生说，“到我房间来吧！”

他把安迪带到二楼的房间。这是旅馆里最好的房间，装饰得非常舒适。墙上挂着一些画，还有一个装满了书的书架。

“多让人喜欢的房间啊！”安迪赞叹道。

“是的，我尽量让自己舒适。可是我最缺的就是朋友。”

“我怀疑您为什么愿意住乡下。您不喜欢住在城里吗？”

“是的。我今年春天生了一场大病，医生建议我离开城市的喧嚣，在乡下住一段时间，好好休息一阵子。”

“这不会影响您的生意吗？”

“幸运或者说不幸吧！”华特·盖尔笑着回答，“我没有生意。我曾经在城里一家保险公司工作过两年。后来我的一位叔叔去世了，留了一笔遗产给我，使我在经济上能够独立，所以我才

有时间生病啊！”

“您现在看起来身体很好啊！”

“是的，但有时候神经会出问题，所以必须非常小心。跟我说说你自己吧！你曾经在潘赫斯特待过一段时间，是吗？”

“是的，两年。”

“你不回去吗？”

“不了。我父亲遇到了一些严重的损失，没有钱再送我去读书了。我必须在家帮忙。”

“这让你感到失望了吧？”

“是的。我本来打算过几个月就去读大学的。”

“我想你父亲是位农场主人？你想帮他在农场工作吗？”

“目前是的，一直到我找到工作。我想学做生意。那样赚钱会比务农多一些。”

“你的拉丁文和希腊文学得都很好吗？”

“是的。我喜欢语言，在班上成绩很好。”

“我接受的教育有限。虽然我现在有钱，但以前可是个穷孩子。16岁的时候，我学了些拉丁文，也学了些希腊文，然后我父亲的失败使得我不得不去找工作。那位让我变得富有的叔叔当时没有给我任何帮助，所以我只好中途离开学校。”

“您现在可以为自己补课啊！”安迪建议道，“但是，我想您在亚顿是找不到这样的老师的。”

“我也一直在想这件事，只是不知道这位老师愿不愿意接受这项任务。”

“谁啊？”安迪迷惑地问道。

“安迪·格兰特。”这位年轻人笑着回答。

“您是说我？”安迪显得很吃惊。

“是啊！虽然你刚离开学校，但我敢肯定你能够教我。”

“可是我只是个孩子啊！”

“年龄跟一名教师的水准没有关系。而且我这个学生水准也有限。被迫离开学校的时候，我曾经读过凯撒，并开始翻译一些希腊文。现在的问题是，你愿意教我吗？”

“如果您觉得我够格的话，盖尔先生。”

“我不怀疑这一点。如果你愿意的话，我们下周就开始。你就当作是我的私人秘书吧！实际上，我也会让你负责一些秘书的工作。”

“我很高兴能够为您服务。”

“好吧！早晨9点到这里来，一直跟我待到12点。现在我们谈谈报酬。”

“您看着办吧，盖尔先生。我不好意思提出任何要求。”

“劳有所得啊，安迪。每星期6美元怎么样？”

“绝对可以接受，但我担心您是否付给我太多。”

“其实我愿意每周付给你9美元，这样我们下午也可以在一起。我会叫人到城里买艘船，你可以教我划船。”

安迪的眼睛亮了起来。再也没有其他事让他感到高兴的了，每个星期能赚9美元，他感觉自己俨然成了百万富翁。毫无疑问，当安迪的父母听说安迪找到新工作的时候，他们也感到既惊讶又开心。

“你会喜欢的，这比在农场好多了，是吧，安迪？”斯德林·格兰特说道。

“是的，我很愿意工作，但我对农场没太大兴趣。”

“在农场工作很辛苦，而且报酬也不高，安迪，但我喜欢。我从小就在农场长大，其他的我什么也做不了。”

“安迪已经开始利用自己所接受的教育啦！”格兰特太太说道。

第一天早晨的时候，安迪相信自己一定会喜欢上这份新工作。盖尔先生真的想学拉丁文和希腊文，而且也很认真。对于安迪来说，这像是在复习自己的功课，而且他也为自己学生的进步感到满意。虽然他们认识的时间并不长，但安迪觉得跟盖尔先生在一起的时候很放松。

12点到了，安迪感觉非常难过。

“我下午什么时候过来？”12点时，安迪问道。

“2点吧！你可以借你的朋友瓦伦丁的船吗？我叫人去买了一艘船，但可能要几天时间才能送到。”

“我想瓦伦丁会借给我的。他是个非常善良的孩子。”

“我愿意付钱。”

“我想他不会收您钱的。”安迪说道。

下午回旅馆之前，安迪去见了瓦伦丁，向他借了船。3点钟的时候，盖尔先生跟安迪一起动身前往船库，安迪再次当起老师。盖尔先生是位划船好手，但安迪还是可以给他一些指点。有时候他们只是在那里坐着，让船随意漂荡。

大概4点钟的时候，康拉德来到池塘边划船。他很惊讶地看到安迪正和自己的同伴在一起。

“你怎么不在家种马铃薯啊？”他问道。

“我休假了。”安迪微笑着回答。

“你也是来划船的吗？”盖尔先生高兴地问道。

“是的。”康拉德拉着脸回答。

虽然华特·盖尔跟他上次被打败没有任何关系，但他还是不能原谅他把奖金发给安迪。一想到这件事，他就觉得自己受到了羞辱，而且他希望盖尔先生明白，自己并不比安迪差。

“那天真不幸，”他说，“我扭伤了肌肉，否则我是不会输

的。”

“这么说那天我可是很幸运啊！”安迪善意地说道。

“我并不在意钱，如果是平时，我肯定会赢得那笔奖金。”

“你不介意再比一次吧？如果你愿意按照同样路线再比一次，我愿意拿出5美元。”华特·盖尔静静地说道。

康拉德犹豫了起来。

他并不反对赢到5美元。事实上，他很希望能够赢，问题是，他并不确定他是否能像自己所说的那样打败安迪。

如果安迪再赢的话，他就必须承认对方确实比自己厉害。

“不，”他停顿了，然后说，“我可不想再比了。”

“那我还有一个建议。我自己也会划船，事实上，安迪正在教我划船，所以我希望自己能够很快地进步。如果你愿意跟我比赛，我可以付给你2美元。就当是奖金。”

“可是要是你赢了呢？”

“那我就留着2美元。对你并没有任何损失。”

“好的。”康拉德急忙说道。

安迪充当裁判发出了信号。

康拉德赢了十二桨的距离，盖尔先生划得也不错。“你赢了，康拉德，”年轻人善意地说，“这是你的奖金。”

康拉德满意地把钞票装进口袋。“我随时都可以跟你比赛。”他说道。

华特·盖尔摇了摇头说：“我必须等到自己水准提高，否则你每次都会赢我。”

康拉德本来更希望打败安迪，但2美元的奖金还是让他感到非常满意。“盖尔先生一定很有钱，”他想，“真希望能跟他交个朋友。”

“因为安迪必须在农场里工作，”他说，“所以我会很高兴跟你做朋友。”

“谢谢，我们已经谈好了，他不需要在农场工作了。”

康拉德惊讶地睁大了眼睛。

那天晚上，当他在村里的商店遇到安迪的时候，他问道：“盖尔先生付给你多少钱让你跟他一起出去？你跟他在一起待多久时间？”

“这是私事，康拉德，否则我倒是很愿意告诉你，我是每天早晨9点到他的旅馆。”

“我是他的私人秘书。”

“你这样一个星期能赚3美元吗？”

“对不起，我不能告诉你。”

“哦，好吧！如果这真的有那么神秘的话。你看来跟他关系很好，他很有钱吗？”

“不知道，我想他应该很有钱吧！”

“我不明白，如果能够住在城里，他为什么要待在亚顿这么一个无聊的地方。他到底要个私人秘书做什么呢？”康拉德问道。

“你最好还是自己问他吧！”

“或许他只是因为可怜你才雇用你。”

“我不想了解这个，只要他让我跟他在一起就行了。”

几天过去了。早晨的时候用来学习，下午的时候去池塘。日子就这样一天天过去，原来的安排一直没有任何变化。有一天早晨，盖尔先生说了一件事，安迪感到非常惊讶。

“我们今天早晨不上课，我想请你去本顿办件事。我在银行里没有账户，所以我会给你一张支票去兑换现金。”

“好的，先生。”

“我雇了马车。你习惯驾车吧？知道去本顿的路吗？”

“是的，先生，我去过那里很多次了。”

“好，那就应该没问题了。”

“您希望我什么时候动身？”

“11点。这样可能会耽误你回家吃晚餐的时间。所以你可以在本顿的旅馆里吃晚餐。”这次出行要用一整天时间。安迪喜欢驾车，所以他很高兴能到本顿跑一趟。

“我回家告诉妈妈，我今天晚上不回家吃晚餐。”他说道。

“很好。11点钟回到这里来吧！”

当安迪回到旅馆的时候，他发现马车已经准备好了。拉车的是旅馆的马厩里最好的马。“祝你旅途愉快！”华特·盖尔一边站在阳台上看着安迪，一边笑着说道。

“谢谢您，先生！”

安迪很快上路了。天空晴朗无云。四周的空气让人浑身充满活力，安迪的心情马上好了起来。他感觉自己真的很幸运，能交上像华特·盖尔这样的朋友。本来被迫离开学校是一件很不幸的事情，可是盖尔先生的友谊显然让他感觉好了很多。

走过三分之二路程的时候，他超过了一位脸色浮肿、浑身破烂的流浪汉，从长相和穿着来看，他显然属于那种流浪乡里四处乞讨的家伙。当安迪接近他的时候，这个人抬头看了看。

“我说，孩子，”他叫道，“能载我一程吗？”

安迪是个很善良的孩子，但他确实不喜欢这位求助者的长相。他觉得让这样的人坐在自己身边一定很不舒服。

“真的很抱歉。”他说道。

“为什么？”这个人皱着眉头问道，“难道你这么骄傲，不愿意载一个穷家伙吗？”

“我不介意你穷，”安迪说，“可是你好像喝了不少酒。”

这个人发誓说自己没喝，他弯下腰，从地上捡起一块石头，用力扔向安迪。幸运的是，他的情况让他没能瞄准，结果石头飞到了一旁。安迪用力抽马，逃离了危险。

安迪等到了本顿银行才仔细检查支票。他在把支票交给银行出纳之前看了一下，发现支票上的金额是125美元。

“你想要什么面额？”出纳问道。

“麻烦给25美元零钱，其他的是5美元或10美元的钞票，”安迪按照盖尔先生的交代回答道。很快，出纳数完了钱，把它递给安迪。对于安迪来说，这可是一笔不小的数目。

离开银行的时候，他看到一张熟悉却并不欢迎的脸孔，正是那个在路上拦住他的流浪汉。因为在去银行之前他还到其他地方办了几件事，所以才使得这家伙有时间赶来找到他。

“我怀疑他是否看到我把钱收起来了？”安迪想道。在像本顿这样的小镇上，人们根本没有机会抢劫。当安迪离开银行的时候，流浪汉用邪恶的眼神看了看他。

“给我1美元，我看到你那一大叠钞票了。”他说道。

“我不能。那不是我的。”安迪回答。

“那么给我足够的钱买份晚餐。”流浪汉叫道。

“我为什么要给你钱呢？刚才你还对我扔石头呢！”

流浪汉转过头去，嘴里嘀咕着，用极不友善的眼神又看了看安迪。安迪按照吩咐去旅馆里吃了晚餐。他用这个机会把那一叠大额钞票放到马甲口袋里，然后把零钱放到其他口袋里。

大约2点钟的时候，安迪准备回家。一想到身上带着这么大一笔钱，他就感觉自己肩负着很大的责任。这让他感到非常紧张，他很希望自己能够安全赶到家，把钱交给盖尔先生。如果不是在路上遇到那个流浪汉的话，他或许根本不会想到会有危险。

回去的路大部分都比较宽敞，但只有一部分，大约三分之一英里长，两边有树和灌木丛。这段路很短，很快就能过去。就在走到一半的时候，一个男人突然从路边跳了出来，一把抓住了马嚼子。安迪根本不用再看第二眼，他马上就知道一定是那个流浪汉。危险来了！安迪的心快跳出来了。他是一个勇敢的孩子，可是即使是个大人，遇到这种情况的时候也会感到紧张的。

“放开！”虽然很紧张，可是安迪的声音还是非常清晰，让人感觉非常坚定。

“只要得到我想要的，我就会放开。”流浪汉回答。

“你想要什么？”

“只要看看我，你就知道我想要什么了。”

“我猜你是想要钱，可是我没钱给你。”

“你撒谎。我看到你从银行领出一叠钱。”

“我说我没钱给你。你很可能看到了，但又怎样？”

“我想要一些。我不会全都拿走，我是个穷人，我比另外那个人更需要钱。”

“你以为我要把钱交给谁？”

“乡绅卡特。他是亚顿唯一会在银行里存钱的人。”

“你错了，钱不是他的。”

“好吧！不管怎么说，我想要一些。不管是谁的钱，给我一半就可以了。”

“你一分钱也得不到。放开马，否则我会把你撞倒。”

“你是个聪明的孩子，但我不会被吓倒的。”

“听我说，”安迪说，“如果你抢了我的钱，你会被抓起来关到监狱里的。你觉得怎么样？”

“我又不是第一次进监狱。我只是个没钱的流浪汉。”

听到他以前曾经进过监狱，安迪丝毫没有感到惊讶。他知道这个家伙是个亡命之徒。他发现对方是一个强壮而有力的家伙，浑身充满了活力。他只有16岁，而这个流浪汉差不多40岁了。他能怎么办呢？

“我来告诉你我会怎么做吧！”他想尝试一下，“我身上有2美元。如果你放了我的马，不再找我麻烦，我可以把这2美元给你。”

流浪汉大笑了起来。“你以为我是傻瓜吗？”他问道。

“你以为2美元就会让我满意了吗？要知道，你口袋里可装着100美元呢！2美元还不够我用一天呢！”

“这个我不管。我只打算给你这么多。”

“看来我要自己动手了。”

他的冷静和狡诈让安迪感到气愤，于是他用力挥鞭在马背上抽了一下。马很自然地用力从流浪汉的手里挣扎了一下。

“这就是你的把戏，”流浪汉咬着牙说，“如果你再试一次，我会把你从马车上拉下来，痛揍你一顿。”

安迪一直保持沉着和冷静。如果流浪汉真的像他说的那样来拉他，他首先必须松开马嚼，而只要他一松开，安迪就会立刻策马狂奔。

流浪汉松开双手，马静静地站着。

“你那样做也没什么用，不是吗？”流浪汉说道。

“你也做不了什么。”

“上帝啊！你真是个冷静的孩子。但你毕竟只是个孩子。好了，照我说的做吧！把手放进口袋里，拿出50美元。”

“你想要我给你50美元吗？”

“是的，我想。”

“可是我并不想那样做。”

安迪很高兴看到这个流浪汉手里并没有武器，这让他感觉有了些信心。他不可能同时既抓住马，又上来攻击他，但如果对方手里拿把手枪，那情况可就完全不一样了。安迪的耳朵也很灵敏，他听到了背后传来车轮的声音。流浪汉的注意力可能完全被安迪吸引住了，他好像没有听到。

直到另外一群人来到了他们旁边，流浪汉才意识到情况。赶过来的是萨尔·威罗克，是个铁匠，一个强壮而有力的家伙，整整有6英尺高，长着一身钢铁般的肌肉。他看到了马车一动也不动地停在马路上，直到看到流浪汉站在马前面的时候，他才明白是怎么一回事。

只见他从自己的马车上跳下来，流浪汉还没来得及意识到自己的危险，萨尔一把抓住他的衣领。“你在干吗？”他一边用力，一边问道。

流浪汉转过身，发现自己正被一个比自己高大的家伙抓在手里，对方的强壮让他感到敬畏。他在那里站着，一言不发，不知道该说些什么。

“怎么是你，安迪！这混蛋为什么拦住你？”铁匠问道。

“他想要我给他钱。我刚去了本顿帮盖尔先生领钱。”

“你这个王八蛋！”愤愤的铁匠一边叫着，一边用力摇着流浪汉，直到他牙齿打颤，“这么说你是个贼了，是吗？”

“放我走！”流浪汉哭嚎道，“我没拿任何东西。我是个不幸的穷光蛋。如果我有工作，我根本不会这么做。”

“毫无疑问，你是教会成员。”铁匠讥讽地说道。

“让我走！我发誓一定好好做人。这个年轻人说他会给我2美元。我拿了钱就走。”

“一分钱也别想。你可以走，但我要给你一点教训。”

他用力给了流浪汉一拳，几乎把他揍倒在地，然后他跳上自己的马车，说：“我跟你一起走，安迪。我可不希望你再遇到任何麻烦。”

流浪汉满怀失望地钻到树林里。如果眼光能杀人的话，恐怕他的眼睛早就把强悍的铁匠给杀掉了。

第 4 章

康拉德的阴谋

当安迪告诉盖尔先生本顿之行的遭遇的时候，盖尔先生对他的勇气表示了忠心的赞赏。“你是个勇敢的人，安迪，”他说，“下次去银行的时候，我跟你一起去。好了，如果你还不是太累，我想请你去趟池塘。我有些东西要给你看。”他们肩并肩走向池塘。

安迪并没有感到十分好奇。一路上他跟盖尔先生谈论了不同的话题，他几乎没有时间去猜测自己会看到什么。可是当他到达船库的时候，他发现池塘里漂着一艘漂亮的小船，雪松做的，比康拉德和瓦伦丁的船都要漂亮很多。

“哦，多漂亮的船啊！”他叫道。

“是的，”盖尔先生静静地说，“你会拥有这个池塘里最漂亮的船。”

“我？我不明白。”安迪惊讶地叫道。

“是的，因为这艘船是你的。”华特·盖尔说道，脸上带着迷人的笑容，“我把它送给你了。”

“我该怎么感谢您呢？”安迪一把抓住这位朋友的手，叫道，“我简直不敢相信这么漂亮的船会是我的。”

“我告诉你我是怎么得到它的吧！它本来是为纽约的一个富有的年轻人建造的，可是因为他受到了一个意外的邀请，要去国外待两年，所以他授权造船商降价出售。所以我才能把它买来送给你。好了，我们去划一下，就算是试航吧！”

15分钟之后，康拉德上了自己的船，开始练习。很快，他的目光就被这艘新船吸引住。他一眼就能看出来，因为他也是个行家，这艘船比自己的船要漂亮，他立刻感到一阵强烈的嫉妒。虽然不久之前他还为自己的船感到骄傲，可是现在对他来说，自己那艘船实在太低级了。

他对这艘新船感到非常好奇，于是就划到靠近的位置。“您这艘船可真棒啊，盖尔先生！”他说道。

“什么时候运过来的？多少钱啊？”康拉德一点也不觉得难为情。

“今天早晨运过来的。没花多少钱，”华特·盖尔笑着回答，“我想我还是不要告诉你具体数字吧！”

“我也想要爸爸给我买一艘这样的船。”虽然康拉德很清楚爸爸根本不会答应他的要求。卡特乡绅并不是奢侈的人，即使是在给康拉德买现在这艘船时，他也犹豫了很久。

这艘新船是如此高贵，如此优雅，每一部分都那么完美，以致康拉德禁不住垂涎起来。当然，这不能怪他，因为所有喜欢划船的人都会被这艘船所迷住。

“我可以试一下船吗，盖尔先生？”康拉德问道。

“如果主人愿意的话，我也愿意。”华特·盖尔回答。

“主人？这不是您的船吗？”康拉德吃惊地问道。

“不是，它属于安迪。”

“那艘船属于安迪·格兰特？”康拉德叫了起来，脸上露出一副不可思议的神情。

“是的，我把它送给他了。你必须征求他的同意。”

“我很愿意让你试一下。”安迪心情愉快地说道。

“谢谢你，我不想试了。”康拉德冰冷地回答道。一想到农场主人的儿子有一艘比自己好很多的船，他就感到一阵耻辱。

“康拉德嫉妒你了，”华特·盖尔说，“他不希望你有一艘比他高级的船。”

“我想你是对的，盖尔先生。可是如果事情反过来的话，我倒不会介意。”

当康拉德回到家里的时候，他的脸上一片阴沉。任何人都能看得出来他心情不好。

“怎么了，康拉德？”父亲问道。

“我讨厌安迪·格兰特。”康拉德叫道，眼里闪着愤怒。

“为什么，安迪做什么了？你没跟他打架吧？”

“没有，我才不会跟他打架呢！”

“那到底是怎么回事？”

“他总是做些让我讨厌的事。他有了一艘新船，比我的好看多了。我想那艘船至少比我的船贵一倍。”

“他从哪里弄来的？”卡特先生不禁吃惊地问道。

“盖尔先生送给他的，就是那个住在旅馆里的年轻人。”

“他一定喜欢安迪吧？看来我们也没办法。”乡绅若有所思地说道。他并不像自己的儿子那样介意安迪的新船。

“一个穷小子居然有一艘这么漂亮的船，真是可笑。我告诉

您该怎么办吧，爸爸。”康拉德继续说，“帮我买一艘跟他一样好，或者比他更好的船。”

“为什么要再买一艘呢？你现在的那艘刚买了六个月，而且花了不少钱啊！”

“可能是吧！但我不大喜欢它了，现在安迪有了一艘比我更好的船。”

“这太愚蠢了，儿子。”乡绅坚定地说道。

康拉德立刻拉下了脸，但很快又想出了一个新主意。“如果安迪愿意跟我交换呢？”

“你给他10美元吗？”

“为什么不说15美元呢，爸爸？我敢保证物超所值。”

“你可以给他10美元，看看他怎么说。”

第二天，康拉德找到了安迪，跟他提出了条件。

“你想我会放弃盖尔先生的礼物吗？即使给我50美元，我还是会说同样的话。我现在不缺钱。”安迪愤愤地问道。

“10美元可是不少钱。”康拉德说，“我想你之所以这么说，是因为你每个星期可以赚3美元。”

“谁说盖尔先生付给我多少钱了？”安迪微笑着问道。

“那么说他确实每星期给你3美元啦？”康拉德反问道。

康拉德把价格提高了一倍，安迪还是坚定地拒绝。半个小时后，康拉德在大街上遇到了一个穿着破烂的家伙——我们在前面已经认识这个人了。他就是那个在安迪从本顿回来时拦住安迪的流浪汉。

“年轻的先生啊，”流浪汉哭嚎道，“你有钱又大方，难道不能给我这个穷人一点钱吗？”

“你好像喝醉了，”康拉德坦白地说：“你鼻子红了。”

“那是因为我有皮肤病。我加入戒酒协会已经5年啦。”

“呵，看起来你并不喜欢这个协会。怎么不去工作呢？”

“如果你愿意帮我做点事的话，我可以给你2美元。”这时康拉德突然产生了一个卑鄙的想法。“我告诉你要做什么吧！池塘里有艘船，它的主人是我的敌人。他总是欺负我。如果你今天晚上能够帮我在船上放把火，我就给你2美元。”

“怎么放火呢？用火柴吗？”

“我可以给你一些刨花，几片木板，还有一些沥青。一点都不麻烦。”

“那是谁的船？”

康拉德向他描述了安迪的样子。

“就是那个孩子啊——别担心！我愿意做。”一想到这样可以报复一下那个曾经羞辱过自己的孩子，流浪汉就立即表示愿意帮助康拉德完成这项计划。

这天晚上，康拉德交给流浪汉一些燃料，回家后康拉德躺在床上，心里高兴地想着安迪漂亮的新船就要被烧掉了。我很遗憾地说，他一点也没想过自己的这种做法是多么卑鄙。

想到自己的敌人受到伤害，他就感到很开心，他一直把安迪当成敌人。在他看来，这么漂亮的船被烧毁并不可惜。如果安迪同意跟他用10美元甚至是15美元进行交换，这件事情本来可以不用发生。

“他居然拒绝，真是个傻瓜，”康拉德自言自语地说，“明天早上，他一定会后悔。”

第二天早晨，门铃响的时候，他以为会有人给他带来他想要的消息。

然而就在前一天晚上，晚餐过后，安迪遇到了自己的好朋友瓦伦丁，告诉他自己刚刚收到了一件漂亮的礼物。

“过来看看吧！瓦伦丁，”他说，“漂亮极了。”

瓦伦丁的好奇心被勾了起来，立刻接受了邀请。看到这艘新船的时候，他忍不住惊叫了起来。“真是漂亮，”他说，“比康拉德或我的船都要漂亮！”

“康拉德说他想跟我交换。他愿意再给我10美元。”

“你不会答应他吧？”

“不。这艘船远不止这个价钱，而且它是盖尔先生送我的礼物，康拉德即使给我50美元，我也不会接受。”

“你做得对。可是你要把它整夜都放在外面吗？我的船库里可以放两艘船，”瓦伦丁说，“我可以帮你把它放进去。”

“谢谢你，瓦伦丁。我愿意付给你租金。”

“我不需要钱，安迪，我这样做完全是出于友谊。”

“谢谢你，但你别忘了，我还是能付得起的。”

“是的，我为你感到高兴，但这没关系，我不需要钱。”

“为什么康拉德没有船库呢？”

“他说过他爸爸答应给他建个船库。只是没确定地点。”

两个孩子跳上了安迪的船，划了几下，来到了船库，很容易就把船放了进去。船库里有足够的空间放下两艘船。

“我会找人再做一把钥匙，安迪，这样我不在的时候你就可以自己进来取船了。”

同一个晚上，康拉德把东西给了流浪汉后，就直接回家。康拉德为了保险起见，觉得他最好还是不要让人看到他跟流浪汉在一起。“给我2美元。”流浪汉接过燃料，一边说道。

“你以为我是傻瓜吗？”康拉德尖锐地说，“如果现在我把钱给你，你会逃跑的。”

“我会尽快完成工作。我也想找那个小混蛋算账呢！”

“什么！你认识他？”

“我见过他，”流浪汉支支吾吾地回答，“他耍了我，我想找他算账——现在没时间。我还想要一把斧头。”

“干吗？”

“如果烧不毁这艘船的话，我可以直接劈了它。”

“我想我可以帮你弄把斧头，但你可千万不能把它扔在岸上，因为斧头上有我爸爸的名字的第一个字母‘C’。”

“好的！我会小心。”

大约8点钟的时候，流浪汉来到了池塘边，开始寻找安迪的船。他只看到一艘船（那是康拉德的），他立刻坚信这艘船就是他要烧掉的。他在岸边一直等到8点半，直到他觉得天已经够黑了。然后他小心翼翼地把刨花放到船的一头，上面盖上一些木板，然后他又用斧头把这些木板劈成更小的木片，把木片放到了火上。

火很快着了起来，船也很快烧了起来，虽然没有完全烧毁，但也毁得相当厉害。为了要彻底完成工作，他又用斧头用力劈了几下，直到把船彻底毁掉。然后流浪汉满意地看了看自己的杰作。“做得漂亮极了，”他吃吃地笑道，“我倒想看看那孩子看到这幅情景时的样子。”

完成任务之后，他要去拿钱了。康拉德答应他第二天早晨在离家不远的老谷仓那里等他。

“不要来找我，”他说，“因为会引起别人的怀疑。”

吃完早餐之后，康拉德就直接走向谷仓。流浪汉正坐在谷仓外面，嘴里叼着根烟斗。“我一直在等你，”他说，“我还没吃早餐呢！”

“完成了吗？有人看到你吗？”

“没有，天很黑，而且周围没有一个人。那艘船现在已经完全无法使用了。给我2美元吧！我马上走。”

可是在康拉德看来，这样做并不保险。他想让其他人首先发现船被烧毁。毕竟，他也没有理由怀疑流浪汉的话——他对安迪的敌意已经可以确保他会完成自己的工作。

“给你钱。”他说道。

“还你斧头。”

“我要尽快把它放回工具库，”康拉德想，“可是我又不想让人看见我拿着它。”他决定拿着斧头立刻返回谷仓。可是就在回去的路上，他碰到了约翰·拉尔金。

“你拿着斧头干吗啊，康拉德？我还不知道你在模仿乔治·华盛顿砍樱桃树呢？”

“可能是吧！”康拉德笑着说道。

计划完成之后，他觉得自己心情很好。事实上，他很想看安迪的船到底被烧成什么样子。因为这天是星期天，并不需要去上

学，所以他建议约翰·拉尔金说：“我们去划船吧！”

在距离池塘不远的地方，他们看到吉米·莫里斯正从池塘那边走过来。他看起来非常激动，一边跑着，一边喘着气。

“发生什么事了，吉米？”约翰·拉尔金问道。吉米看了看康拉德，康拉德很自然地猜到了吉米激动的原因。

“哦，康拉德。”他说，“这可真是太遗憾了！我真为你感到难过！”

“为什么为我感到难过啊？”康拉德厉声问道。

“你的船被烧毁了。它被劈得乱七八糟，还被放了火。”

“我的船！你是说安迪的船吧？”

“不。你自己去看看吧！”

康拉德脑子里一片混乱，心里想着的是安迪的船被破坏，一边快速奔向池塘。他心里有种莫名的恐惧，感觉吉米刚才说的可能是真的。当他赶到自己停船的地方的时候，他赶忙四处找自己的船。

没错！是他的船——就是他那艘漂亮的船！在安迪有了一艘比他更好的船之前。康拉德一直都很喜欢自己的那艘船，现在这艘船已经被烧焦了，显然，他不可能再使用这艘船了，而安迪的船却不见了。愤怒的眼泪充满了康拉德的眼眶。

“一个可怕的失误！”他叫道。

“失误！什么意思啊？”约翰·拉尔金问道。

“我也不知道自己在说什么，”康拉德发现自己不小心说溜了嘴，赶忙模糊地答道，“我相信是安迪·格兰特做的。”

“安迪·格兰特！”吉米·莫里斯重复道，“他为什么要烧毁你的船呢？他自己有一艘比这更新、更漂亮的船。”

一提起这件事，康拉德就觉得浑身不舒服。他的船不如安迪的。正当三个孩子站在岸边的时候，一个名叫彼特·希尔的小男孩走了过来。他就住在离池塘最近的房子里。

“你看到人靠近这艘船吗，彼特？”约翰·拉尔金问道。

“是的，我看见有个块头很大的流浪汉。是他放的火。”

“这就明白了，康拉德！”吉米·莫里斯叫道，“我也在村子里看过那个流浪汉。”

“喔！”康拉德说，“我不相信。”

“可是我亲眼看见他在放火啊！”小彼特坚持说道。

“那你当时为什么不叫人呢？”

“大家都走了，我不敢靠近，而且他手里还拿着斧头。”

“我说，康拉德，我们去找那个流浪汉吧！如果找到他的话，就找人把他抓起来。”

显然，约翰·拉尔金的提议根本不会得到康拉德的赞同。他害怕流浪汉会把一切真相都说出来。“我回去问问爸爸该怎么办吧！”他支支吾吾地回答，“出了这种事，我们也没办法。”

康拉德已经尽量让自己看起来很开心。这时他突然想到另一个主意。既然这艘船已经被烧毁，他父亲说不定会愿意再帮他买一艘新的，如果是这样的话，他就可以说服爸爸帮自己买一艘跟安迪一样好，或是更好的船了。他急忙转身回家，告诉同伴们自己不想跟他同行。

在回去的路上，就在距离自己家不远的地方，他遇到了那个流浪汉。一看到他，康拉德的眼睛里就像冒了火。可是流浪汉并没有注意到。他慢慢蹭到自己的小雇主面前，一脸坏笑地说：“你看到了吗？”

“是的，我看到了。”康拉德都快气炸了。

“我做得好极了，不是吗？我想那艘船现在也派不上什么用场了。”

“你个笨蛋！”康拉德大声叫道，“你烧的是我的船。我真想叫人把你抓起来。”

“你的船？我烧的就是你说的那艘船啊！池塘边我只看见一艘船。”

“不，那是我的船。你应该知道你找错船啦！”

流浪汉这下泄气了，他本来还想找康拉德再要1美元呢！可是现在看来一点机会都没有了。

“你最好尽快离开这里。”康拉德生硬地说道。

“为什么？”流浪汉绷着脸问道。

“住在隔壁房子里的小男孩看见你烧船了。”

“如果是那样的话，我会告诉他们是谁叫我做的。”

“我根本不会承认。你想会有人相信你说的话吗？尤其是你烧的是我的船。”

流浪汉觉得康拉德说的有道理，于是就逃走了。人们再也没在村子里看见他。

“好了，我该对付爸爸了。”康拉德想道。

他往家里走去，准备把这件事情告诉他的父亲。听到这件事情，乡绅卡特皱起眉头，看起来很不高兴。“要是你够聪明，能够好好照顾你的船的话，”他冷冷地说，“你就不会有这个下场了。”

“可是我不明白你为什么要怪我？”

“你知道是谁做的吗？”

“可能是安迪·格兰特吧——他不喜欢我。”

“我想不太可能。如果你敢肯定的话，你可以去告他。但我想你告诉过我他自己有一艘新船。”

“是的——很漂亮的新船！比我的好很多，我希望您也能帮我买一艘那样的船。”

“在你由于自己的疏忽而损失一艘船之后，你居然要我花更多钱帮你买一艘船？”

“这么说我不会有新船了？”康拉德沮丧地问道。

康拉德开始拼命恳求。他现在愿意接受任何一艘船，因为他非常喜欢划船；可是乡绅卡特却刚刚从自己的经纪人那里听到投资不利的消息，所以他坚决不改变主意。

“我真是太愚蠢了！”康拉德难过地想，“虽然不如安迪的新船，但我的船本来已经很好了，可是现在什么也没有了。要是我想再去划船的话，恐怕只能借瓦伦丁的了。”

这天稍晚时，康拉德遇见安迪。安迪听说了他的遭遇，对他感到非常同情。

“康拉德，”他说，“很遗憾，听说你的船被烧毁了。”

“是的，是很让人难受。”

“大家说是个流浪汉做的。”

“我想很有可能。昨天镇上来了个流浪汉。我也看到了。”

“他到底想做什么呢？烧船对他一点用处都没有。”

“我想可能是要报复吧！他向我要25美分，我没给。”这是康拉德灵机一动想出来的解释。

“你不能找人把他抓起来吗？”

“他现在可能已经不在镇上了。”

“如果你愿意的话，我可以把我的船借给你。”

“谢谢。”康拉德说道，但口气冰冷，听不出一丝感激。对他来说，从像安迪·格兰特这样的穷小子那里借东西是一件让人感到羞耻的事情。

两个星期后，当安迪像平时那样去旅馆见自己的雇主和学生的时候，盖尔先生说：“我要告诉你一件事。我可能要离开你一段时间。”

安迪的脸拉了下来。这肯定是个坏消息。

“今天早晨收到了一封信，”华特·盖尔接着说，“是宾夕法尼亚州的一位叔叔写来的。他说自己快不行了。医生说他可以再活三个月左右，最多不超过六个月。他一直都是单身，现在他生病了，想让我去他那儿，陪他一起度过生命中的最后几个星期。”

“您应该去，这确实是您的责任。”安迪看起来很难过。

安迪开始想自己该怎么办。他在盖尔先生这里找了一份轻松又赚钱的工作，不过现在这些都要结束了，他一定得回到农场工作，或者是在村里的商店找份工作。在商店里每星期只能赚2美元50美分，跟他现在的收入相比，显然太少。

“我会很想念您的，盖尔先生。跟您在一起度过了这么多愉快的日子，再回到农场工作肯定会很枯燥。”他说道。

“我肯定也会想念你。但是你不需要回农场工作啊！除非你自己愿意。”

“可是我必须赚钱啊！我不能无所事事。”

“哦，我忘了告诉你，我帮你找了份工作。”

第 5 章

意外之事

“我们只是暂时分开，”盖尔先生接着又说，“可是我不想让你在这段时间里毫无收入，所以在我离开的这段时间里，我每星期可以给你5美元。”

安迪的脸一下子亮了起来。“您可真是太善良了，盖尔先生！”他说，“我觉得您不应该这么做。”

“我可以负担得起，”华特·盖尔笑着说，“好了，这件事

情就这么说定了。”

“您什么时候动身？”

“我想明天就动身。你什么时候去纽约送我啊？”

“我很愿意，”安迪回答，“我只去过纽约两次。”

“那你会很开心的，你可以坐下午的火车回来。”

在农场里，格兰特先生听到盖尔先生要离开的消息的时候也感到遗憾，但他很高兴安迪在这段时间还能有些收入。“你这段时间打算做些什么？”父亲问道。

“我有些书，所以我想复习一下拉丁文和希腊文，我每个星期付给您4美元，这样您就可以请个孩子来帮忙。我想我把这段时间用来学习会更划算一些。”

“你觉得盖尔先生会回来吗？”

“他答应回来，我明天给他送行。”

“你放心让一个小孩子去纽约吗？”他的阿姨简问道。

“为什么不，我还能出什么事？我不是小孩了，简阿姨。我可以照顾自己。”安迪回答。

“虽然你很聪明，可是还是会遇到一些事故啊！”

“我想安迪够大了，可以照顾自己。”父亲温和地说道。

“哦，好吧！随你的便！你不要说我没警告过你。”说完，她又重重地哼了一下。

“或许你想去照顾他。”格兰特先生微笑着建议道，“你也已经够大了，可以照顾自己了。”

“你不用拿我的年纪寻开心。”简阿姨显然是受到了伤害。

“我没有，年纪大是好事。”这句话让事情变得更糟糕。

“听你说话的口气，我好像已经75岁了。我不觉得自己是个老年人。”

虽然简阿姨很不愿意，安迪还是跟盖尔先生一起去了纽约。他们花了一个半小时就来到了这座大都市。

“我想带你看看这座城市，安迪，”他的同伴说，“可是我现在必须去买些东西。”

“我可以跟您一起去，这样我可以顺便看看这座城市。”

1点钟的时候，他们来到百老汇大街上的辛克莱大厦吃午餐。他们选了一张已经坐了一位客人的桌子，这位客人似乎认得华特·盖尔。

“早安，弗林特先生。”年轻人说道。

“啊！是你啊，华特·盖尔！”弗林特说道，他身体壮硕，头发已经开始发白。“好久没看见你了。你去哪儿了？”

“在康乃狄格州的一个小镇上休养。”

“跟你一起的这位年轻人是你的弟弟吗？哦，不，我记得你没有弟弟。”

“他不是我的亲戚，可是我一直把他当成亲戚。他的名字叫安迪·格兰特。”

“如果他想找份工作的话，我可以帮他。之前我请了个男孩，总觉得不可靠，也不够忠诚。他这星期六就要离开了。”

“安迪，你想进弗林特先生的公司吗？”他的朋友说道。

“很想。”安迪回答道。同时，他也在思考弗林特先生到底是做什么生意的。

“那么我们一起去弗林特先生在联合广场上的商店吧！”

“这是我的名片。”弗林特先生说道。

安迪接过名片，看到上面写着：

F.弗林特

联合广场 珠宝店

两个人又聊了一会儿，午餐结束后，他们一起沿着百老汇大街来到了第十四大道。左转后很快进入一家珠宝店，从外面看起来，这家店非常朴素，但显然里面有很多贵重的东西。店内有个浅棕色头发的年轻人，他好像天生就很疲劳，这时正靠在柜台上。毫无疑问，这就是弗林特先生说的那个年轻人。

“约翰，”弗林特先生说，“你把包裹送到四十八大街了吗？”

“没有，先生。”男孩回答。

“为什么？”

“我想吃完午餐再送去。”

“你错了。马上戴上帽子，去吧！”老板严厉地说道。

“你看，”男孩走了之后，弗林特先生接着说，“我跟约翰之间有些麻烦，他总是需要人盯着。”

“安迪不会这样的。”

“我想也是。”

华特·盖尔陪着弗林特先生来到了商店的后面，他们在那里低声交谈了一会儿。很快，华特·盖尔回来了，他示意安迪他们必须离开了。

“弗林特先生希望你星期二早上来上班。”他说，“你8点钟到这里。”

盖尔先生接着说：“我想搭乘下班火车去费城。你可以陪我到科特兰大街车站。你从那里能找到去中央车站的路吗？”

“是的，先生。”

“你可以及时赶到那里搭上回亚顿的火车。你还没问我关于薪水的情况呢？”

“我想知道，先生。”安迪腼腆地说。

“每个星期5美元，比一般的新手都要高一些。”

“这够我的开销吗，盖尔先生？”安迪怀疑地问道。

“不够，但你还记得我答应每个星期给你5美元吗？我会给诺里斯太太写张便条，她会帮你在柯林顿大街安排一个舒适的住处。她跟我关系很好，我会支付房租的。这样你每个星期就可以省下5美元用于个人开销，买些衣服之类的。”

“盖尔先生，多谢您的好意。”

“别忘了，安迪，我随时可能回来。也可能会在叔叔那里住上一阵子，这段时间里，你可以为弗林特先生工作。”

“你觉得我适合他吗？”安迪有些担心地问道。

“我敢肯定。你会发现他在生意上严格，但人却很善良，而且通情达理。你上班以后尽快写信给我。我在叔叔家里一定很无聊，你的信能够让我感受到外面的世界，让我高兴。”

“那我每个星期都写信给您，盖尔先生。”

“如果不会浪费你的时间，我很高兴你能这样做。”

安迪跟盖尔先生一起穿过了渡口，然后又立刻转回来，搭乘下午4点的火车回到亚顿。他的消息立刻在家里引起了一阵不小的轰动。所有的人都非常高兴，除了简阿姨。

“兄弟，你放心让安迪一个人待在纽约吗？在我看来，这样有些冒险。”她说道。

“是的，他必须开始学会独立，最好现在就开始。我相信安迪有这个能力。”

不管别人怎么说，安迪星期一早晨还是做好准备，离开了亚顿。他非常渴望即将在纽约开始的新生活。

康拉德很快就听说盖尔先生离开旅馆的事情。这情报让他感到高兴，因为在他看来，这也就意味着安迪会失去工作。他想尽快找个机会跟安迪谈谈这件事情。这天下午5点钟的时候，邮局收到了一封信。很多人聚集在邮局门口，其中就有康拉德和安迪。

“你失业了吗？盖尔先生离开了，不是吗？”康拉德突然开口说道。

“你这是什么意思？”安迪问道。

“他去哪儿了？你觉得他还会回来吗？”

“宾夕法尼亚，他的一位叔叔生病了，我想他可能不会再回来了。”

“那么，你又会回到农场工作了？”

“可能会更糟糕。”安迪笑了笑说道。

“是的。我想农场是你最好的工作了。你是个穷光蛋，也没有其他事情可做。”

“你为什么这么想呢？你想过要成为一名农场主人吗？”

“没想过，”康拉德傲慢地回答，“我想成为一名律师或商人。”

“我也想成为一名商人，迟早会有那么一天。”

康拉德大笑起来。“什么时候你成了商人，”他说，“告诉我一声。”

“顺便问一声，你现在不想要那艘船了吧！你恐怕没时间用它了。我想花20美元把它买下来。”

“不卖。”安迪坚定地回答。

“过段时间就会卖吧！”康拉德一副自得其乐的口气说，“我想你肯定会愿意接受我的价钱。”

以后的几天时间里，因为格兰特先生请来的孩子感冒了，所以安迪在农场帮忙。康拉德第二次见到安迪的时候，他正在挖马铃薯。康拉德笑着点了点头。看到安迪在做一些他觉得耻辱的事情，康拉德就感到很开心。

“我爸爸可以给你份工作。”他斜靠着篱笆，一边说道。

“什么工作？”

“整理房子。每天50美分。你什么时候能来？”

“最近我太忙。如果我能抽出时间，我会告诉你的。”

“我很高兴看到暴发户回到自己原来的样子，”康拉德想到，“我想安迪·格兰特很快就无法摆架子了。”

星期一早晨，安迪手里拿着个不大不小的手提包，来到了火车站的月台。他正准备前往纽约，开始在珠宝店的工作。正在这时，康拉德·卡特一边挥舞着一根手杖，一边跟自己的父亲一起来到了月台上。看到安迪，他不禁大吃一惊。

“你要去哪儿啊？”他瞄了一眼安迪的手提包，突然问道。

“去纽约。”安迪回答。

“你去那儿做什么？”

“我在联合广场的一家商店找了份工作。你到城里的时候，可以来看我。”

康拉德惊讶地问道：“什么商店？”

“珠宝店。我身上没带名片，不过以后会送你一张的。”

听到安迪的好消息，康拉德并没有显得高兴。他下定决心要让自己这个“卑贱”的对手回到农场里工作。

“我想你爸爸恐怕要找其他人来帮忙了。”安迪接着说，“我有其他事情要做。”

“他们付给你多少钱？”

“请你原谅，我不想告诉你。”

“哦，随你便吧！你住哪儿？睡在商店里吗？”

“不，我住在柯林顿大街诺里斯太太那儿。”

“前几天聊天的时候，你就知道这件事了吧？为什么不说

呢？”

“是的。如果早知道你对我的计划这么感兴趣，我会告诉你的。”

火车的轰鸣声渐渐靠近，安迪要上车了。车上的人比平时要多，所以安迪只找到了一个空座——就在卡特乡绅旁边。这时乡绅第一次注意到了安迪。

“你去哪儿啊，安迪？”他问道。

“去纽约，先生。”

“有特殊任务吗？”

“我去那儿工作。在弗林特先生那里，联合广场的一家珠宝店里工作。”

“我猜是盖尔先生帮你找的这份工作？我不知道这样做是否明智。我怀疑你能够负担得起开销。你的薪资是多少？”

“每星期5美元。”

“对于你这个年纪的孩子来说，这已经是相当公平了，但在纽约，这笔钱并不多。”

“我想在纽约生活要花很多钱。”安迪随口说道。

“是的。你必须用所有的薪资来缴房租。你的其他开销要由你父亲来掏腰包。”

“我可能会涨薪水。”

“这要过段时间。你好像并没有仔细考虑过这件事情。”

这番话并没有让安迪感到不安。因为他的食宿会由盖尔先生承担，所以他的薪水实际上是每星期10美元。但他并不想把这件事情说出来。

“乡下孩子总是想在城里找份工作，”乡绅说，“如果他们能够接受老年人的建议，他们会发现还是待在乡下好。”

“城里可能会有更多机会。赫拉斯·格雷利如果一直待在乡下，他不可能有机会取得今天的成就。”安迪接着说道。

“啊哈！那只是例外。你工作的商店门牌号是多少？我有时间可能会去看你一下。我经常去城里办事。”

安迪告诉了他。“如果你能来，我会很高兴，”安迪真诚地说，“我很高兴能在城里看到亚顿人。”

到了中央车站后，安迪走出了车站。他并不清楚去柯林顿大街的路，但他并不急。他向一位绅士问路，对方建议他搭乘第四大道的车，但他更愿意走路，这样可以享受一下这座城市的风光和景色。所有这一切看起来都是那么新鲜、有趣。

他刚刚离开车站没多远，突然一位大约35岁的陌生人拦住了他。“年轻人，可以跟你说句话吗？”他接着又说，“我之所以跟你说，是因为你的样子像是个好心人。”

“我希望您没猜错，先生。”安迪回答他。

“我现在的处境非常尴尬。我妹妹在扬克生病了，她请人来找我。但是我的钱包在马车上被偷了，现在我身上没有足够的钱去看我可怜的妹妹。如果你能借给我25美分的话……”

安迪是个善良的孩子，而且他不了解城里的各种诡计。他把手放进口袋里，从里面掏出一枚25美分的银币。

“很高兴能帮您。”他说着，一边把银币交给了对方。

“你有一颗高尚的心。谢谢你。”陌生人感动地说道。

想到自己能够帮助这个人，安迪就感到非常开心，但他的这种感觉只持续了一小会儿。一个身材魁梧、相貌讨人喜欢的人看到了这一切，叫住了安迪。

“你给那个人钱了吗？”他问道。

“是的，先生。他的钱包被偷了，而他想去扬克看望自己生病的妹妹。”

他的新朋友笑了起来。“这可是个新故事，”他说，“这家伙是个经验丰富的诈骗犯。他会拿你的钱去喝酒，他根本没有妹妹。”这让安迪吃了一惊。他发现自己成了受害者，以后必须小心防备那些花言巧语的陌生人。

第 6 章

在纽约的第一天

问路之后，安迪平安地来到诺里斯太太在柯林顿大街的住所。这是一栋外表普通的三层砖楼，附有地下室，房子看起来非常不错。

安迪大致看了一下，觉得自己可以接受。事实上，对于他这个乡下孩子来说，这房子看起来已经很豪华了。它比亚顿的任何一栋房子都要高级，包括卡特乡绅家的房子。他沿着楼梯走上

去，按响门铃。

一个名叫艾娃的瑞典小女孩打开了门，她长着一头金发，是个标准的斯堪第纳维亚人。

“诺里斯太太在家吗？我想见她。”他问道。

“她在楼上。请问你是……”对方回答。

“请告诉她我带着华特·盖尔先生的信来。”

她带着安迪沿着门厅走进小小的接待室。里面有一张沙发，一把椅子，还有一个办公桌。沙发上面挂着华盛顿穿越德拉维尔的雕刻画。安迪坐在沙发上，把自己的手提包放在面前。耐心地坐在那里，想着自己的女房东会是个什么样的人。

很快，里面传来走路时衣服摩擦的声音，一个身材魁梧，但很讨人喜欢的女士走了进来，她大约有50岁，戴着一顶红边的小帽子。

“诺里斯太太？”安迪问道，然后出于尊敬站了起来。

“是的，我是诺里斯太太。艾娃告诉我你带来一封……，我记不起名字了，你带来一位先生的信……”

“华特·盖尔先生。”

“哦，是的，盖尔先生，我跟他很熟。”

“他以前住过这儿吗？”

“没有。他住在旅馆里。”她接过信，看了起来。

“盖尔先生问我是否能让你住在这里，他来支付房租。他一定是位不错的朋友？没有比盖尔先生更好的客户了。你要在纽约工作吗？”

“是的。我在弗林特先生的珠宝店里找了份工作。”

“真的？那可是个高级的地方。我最好的勺子就是在那里买的。”

“您有房间让我住吗？”安迪有些焦虑地问道。

“是的，我有间小卧室。我想你不会希望住大房间吧？”

“那太贵了。”

“如果你跟人一起合住的话，房租就不太贵。三楼住着一位绅士，他叫华伦先生。他身体不好，帮报社写些文章。他告诉我他想跟人合租。但我想你应该更喜欢一个人住小房间？”

“是的。”

“我在同一层有个小房间。一位音乐教师在那儿住到上个星期，不过他已经欠我三个星期房租了，所以我只能请他离开。没办法，租房子的生意可真不好做，这位先生……”

“安迪·格兰特。”安迪提示道。

“是个好名字。我想你不是格兰特将军的亲戚吧？”

“不，不过我希望我是。”

“请跟我来，我带你看看房间。你可以带着行李。”

安迪拿着手提包跟着房东上楼。她有些臃肿，所以上楼梯时有些喘，要是安迪一个人的话，他会一路跑上去的。三楼有三个房间，所有房间的门都打开着。

“这是华伦先生的房间。”诺里斯太太指着前面的房间说道。华伦先生的房间大约有14平方英尺，屋里很整洁。有一张双人床和一些一般的家具。

“这房间可以住两个人，”诺里斯太太说，“说不定跟华伦先生熟悉以后，你可以商量跟他合租一个房间。”

“我想我可不愿意跟一位病人同住在一个房间。”

“是啊！有天晚上，华伦先生突然发作了……我也不清楚是什么……他滚到地上。当时我正在楼下，吓了我一跳。”

“如果我跟他同住一个房间，我也会吓坏的。”安迪客气地回答，“我隔壁这间是谁啊？”

“一个18岁的年轻人，名叫培金斯。我不知道他在哪里工作。我想是斯普林大街的一家围巾店吧！”

听说有一位房客跟自己的年龄相近，安迪感觉非常高兴。他相信自己一定不喜欢认识华伦先生。他对那些生病而且会突然发作的人有些偏见。

“二楼还有一位。你吃饭的时候会遇到他的。”

“请问什么时候开饭，诺里斯太太？”

“12点到1点是午餐时间。早餐从7点到9点，晚餐从6点到7点，如果有人因为工作晚回来的话，我们可以稍微延长一下时间，你觉得可以吗？”诺里斯太太接着问道，“你今天在这里吃午餐吗？”

“不！我想去城里看看。”

“很少有人在这里吃午餐。不过要是他们回来的话，这里倒是有些东西可以吃。”

“我想洗把脸，您能给我点水和一条毛巾吗？”

“艾娃会给你送过来的。你自己带肥皂了吗？男士们总是会喜欢自己带肥皂。请问你的全名，我要登记。”

“安迪·格兰特。对了，我想请问您这里租金多少？虽然是盖尔先生付账，不过我还是想知道一下。”

“你的房间是每个星期5美元。华伦先生的房间是每星期7美元，他的房间比较大。如果你决定跟他一起住的话，每个人要付5美元。”

“谢谢您！我想我不会跟他一起住的。”

安迪很感兴趣地看着自己的房间（显然很小），这恐怕是他见过最小的房间了。但是他可以从窗户看到房子的后院。那里有只猫蹲在将院子跟邻居家隔开的篱笆上。安迪很喜欢猫，于是他叫道：“小猫！”那只猫抬起头看了看，“喵”地叫了一声，算

是向安迪表示好感。

艾娃送来水和毛巾，亲切地问道："你要住这儿吗？我希望你不会像华伦先生那样。"

"是啊！我保证不会像华伦先生那样。"安迪笑着回答。

"我很高兴听你这么说。我害怕那些有癫痫的人。"说完艾娃下楼去了。

洗完脸和手之后，安迪打开手提包，拿出刷子和梳子，把它们放到房间墙角的一个小柜子上。小柜子有两个抽屉，安迪把自己的贵重物品放到其中的一个抽屉里。

这时已经10点半了，于是他戴上帽子直接走到大街上，犹豫了一下之后，他向百老汇走去。他想现在最好还是先去这个经常听说的大道看看。他的确想过要去珠宝店看看，不过因为他觉得反正以后每天都要在那里工作，所以还不如先去城里看看。安迪到处看。他看商店橱窗里的陈列，也看周围涌动的人潮。最后，一位路人对他打了声招呼。

"我的朋友，你可以给我25美分吗？我要去纽沃克，可是我的钱包被偷了……"

这听起来好熟悉。安迪抬头看了看，立刻就认出这个陌生人就是他在中央车站前面遇到的那位。

"你什么时候从扬克回来的啊？我一两个小时前刚给过你25

美分，让你去看望你在扬克生病的妹妹啊！”他突然问道。

“我从来没去过扬克。”那个人嘀咕着，“你一定是认错人了。”然后迅速地走开了。

“我怀疑我是否还会再碰到他？”安迪想道。

安迪继续在城里闲逛。他走进了派克路的一家餐厅，花了25美分在那里吃了午餐。这比他平时花的钱要多，但因为是第一天到城里，所以他还不想回住的地方吃饭。

午餐之后安迪来到布鲁克林大桥的入口，钻进车厢。他喜欢从窗子里向外看风景，而且觉得单单这样就可以让他逛遍纽约城了。突然，车厢里一位身材臃肿的德国妇女叫了起来。

“我被抢了！”她叫道，“我的钱包不见了！”

这立刻引起了大家的关注。

“皮包里钱多吗，夫人？”一位面目慈祥的老年人问道。

“是的，有6美元。买票的时候我还拿出来过。”

“我想你的钱包一定是被偷走了。”

坐在这位妇女旁边的男人，一直专心地看早报；即使是这场骚动好像也没有引起他的注意。这不由得让安迪感到好奇。结果让他大吃一惊。这正是他今天早晨两次碰到的那个家伙。毫无疑问，他就是那个贼。

虽然在没有证据的情况贸然指控有些鲁莽，但安迪实在过于

气愤，以致无法控制自己的冲动。“我想是那个人拿了你的钱包。”他说着，一边用手指着看报纸的那个家伙。

“这太让人生气了！”那家伙生气地叫了起来，“我是一名波士顿商人。”他的穿着非常体面，所以安迪的指控似乎并不合理。

“孩子，你说话要小心。”邻座有人责怪安迪。

但安迪并没有退缩。

“我认得这个人，”他静静地说，“我今天早上见过他两次。”

“他抢你钱了吗？”

“没有，但他曾经求我给他25美分，他说要去扬克看望生病的妹妹。当时我们是在中央车站。一两个小时后，我又在百老汇碰到他，他又要我给它些钱去纽沃克。”

“这孩子简直是在胡说八道。”这时候看报纸的家伙正熟练地把偷来的钱包丢到脚边的地上。

火车到了布鲁克林大桥的另一头。

“看，这是你的钱包吧！”这家伙突然往下面瞥了一眼，然后叫道，“你肯定是自己把它弄掉的。”

“哦，谢谢你，先生！”可怜的妇女显然是高兴过了头。

“希望你不要随便怀疑一位绅士。”这个贼愤慨地说道。

“不，不会的，先生。我肯定你没偷。”妇女说道。

安迪看穿了这个把戏，但他很高兴钱包能找回来。

乘客们不确定眼前这个家伙到底是不是个贼。“看，你错了吧！”邻座一副责备的口吻说道。安迪笑了笑。

“我看见他把钱包丢到地上了。”他静静地回答。

“保佑我的灵魂吧！你肯定吗？”

“是的，先生。”

乘客们离开了车厢，安迪跟那个贼也下了车。很快，安迪就看不见那个贼了，直到富尔顿大街的时候，他突然听到有人悄悄在耳边说：“小伙子，你太嫩了！我会找你算账的！”说完，这个贼很快超过了他，跳上了开往玛特尔大街的车，这是安迪这天最后一次看到他。

安迪沿着布鲁克林大街走，然后回到了富尔顿渡口。大约三四点的时候，他回到了自己的住所。走到房间门口时，他注意到对面那个大房间的门开着。一个大约30岁的年轻人正坐在摇椅上读书。这位年轻人身材中等，肤色淡黄。他的头发很长，额头很窄，往前突出。

“我想他就是那位有癫痫的人吧！”安迪想道。

年轻人注意到安迪走进了自己的房间，然后他从摇椅上站起身来，穿过走廊，轻轻地敲了敲安迪房间的门。

“请进。”安迪说道。

“我想你是格兰特先生吧。”年轻人鞠躬说，“我是华伦，就住在对面的房间。”

“你不进来坐会儿吗？”安迪看着房里唯一的椅子问道。

“别让我坐了你唯一的椅子，如果你不介意，我还是坐在床上吧。”

“随便坐，华伦先生。”安迪诚恳地说道。

“你知道我的名字？”

“诺里斯太太跟我提起过你。”

“是吗？她说什么了？”年轻人好奇地问道。

“她说你是个文人——你在帮几家杂志写稿子。”

“是的，我喜欢写作。你写东西吗？”

“写，但没有发表。”

“我明白了。你太年轻，还不能成为作家。我是个自由作家。最近刚刚给《世纪》杂志投了一篇稿子。”

安迪感到非常惊讶，因为他知道《世纪》是一本非常有名的杂志。他没有想到有人居然会给这样一家杂志投稿，但他不知道投稿跟发表完全是两码事。

“我想你喜欢写作。”安迪说，“说不定你可以给我看些你写的文章。”

“是的，没有比写作更让我喜欢的事了。我可以给你看我上个星期在报纸上发表的一首诗。”华伦先生回到自己房间，很快拿着一张小周报回来了。就在报纸的头版第一栏，有一首拜伦·华伦先生写的小诗。华伦先生提出要大声读出第一节：

我想成为一条丝带，从一个树枝飞到另外一个树枝；
我想在空中播撒甜蜜的音乐，只要上帝教我怎样去做！

“我不太喜欢最后一句，”他说着，一边抬起头来，“你有什么修改建议吗？”

“你可以说‘迷住那头忧伤的乳牛’。”安迪调皮地建议。

“是的，这个比喻将会非常吸引人。等到诗歌结集出版的时候，我会考虑这个建议的。”

诗的其他部分质量也大致如此。“我想《世纪》是不会接受这首诗的。”安迪想道。

“你是全心投入文学创作吗？或者也在做生意？”他问道。

“我也可以去做生意，但目前我只写作。我每个月给格林威尔的《旗帜》杂志投一篇稿子。”

“他们会付你稿费吗？”

“哦，是的，”诗人不确定地回答，“不过我们之间的条件

是保密的。如果你碰到什么有趣的事情，格兰特先生，我希望你能告诉我，那样我就可以把它写到我的通讯稿里了。”

这时安迪突然想到自己今天在大街上三次碰到的那个人，于是就告诉了华伦先生。

“大新闻！”华伦叫道，“我会把这件事写到我的下一篇通讯稿里。格兰特先生，你有一双敏锐的眼睛。你可以在某家日报成为一名优秀的记者。”

“你这么觉得吗？你在这座城市住了多久时间，华伦先生？”安迪问道。

“大约三个月。有时间的话，我会告诉你为什么我会来这里。”他一脸神秘地接着说道。

“我很乐意听你说。”

“我现在就可以说，因为我发现你有一个善良的灵魂。我爱上了一位姑娘，对方也爱我，可是她那没心没肺的父亲想把我们俩给拆散。”他拿出手帕，擦了擦眼睛。安迪不知道是该笑还是该表示同情。

“希望等有一天我成名了，我就会再次向索菲亚求婚。我想你还没有过这样的经历吧，格兰特先生？”

“还没有，但我可以理解你的心情。”

之后，他们又聊了一些其他话题。

第二天早晨，当时钟敲响八下的时候，安迪准时走进弗林特先生在联合广场的珠宝店。但是弗林特先生住在哈莱姆，所以很少会在9点钟之前到店里。柜台后面有个满头红发的人正把货物装到一个箱子里，外表上看，他大约35岁。他是弗林特先生珠宝店的领班——西蒙·李奇。安迪第一次来店里的时候，他碰巧不在。

"我能为你做些什么吗，小孩？"他傲慢地问道。

"弗林特先生在吗？"

"喔，你有事可以告诉我。"

"我是来工作的。"

"哦！"发出长长的惊叹之后，李奇先生把安迪从头到脚，极不客气地打量一番。

不知道为什么，安迪觉得这个人很可能成为自己的敌人。事实上，如果他知道被解雇的那个孩子是这个人的外甥，那就很容易理解了。

"我想你很熟悉这行吧？"李奇先生冷笑了一声。

"我一无所知！"

"呃！那你可能会变得非常有用！"

"我希望能很快熟悉起来。"安迪兴奋地说道。

"你还是先从扫地开始吧！"于是安迪开始工作了。

“希望他能够和气一点，”安迪想，“恐怕他会让我的日子很不好过。”

这时进来了一位客人，李奇先生用了10分钟时间忙着招呼这位女客人，她买了金链子。

“要送到您府上吗？请问地址？”店员问道。

“是的，但请在12点的时候送到。”她给了五十六大街上的一个号码。

“好极了！你要跑一趟了。”李奇先生说着，一边把没有被选中的链子放回柜台。

安迪点了点头。他感觉宁愿出去送货也不愿跟西蒙·李奇在一起。

“弗林特先生在哪里找到你的？”李奇先生问道。

这是个非常不礼貌的问题，但是安迪觉得还是不要这么快就跟领班发生争执为妙。

“在辛克莱大厦吃午餐的时候。”他说道。

“你以前从没见过他吗？”

“是的。”

“真是奇怪，他居然在这么短的时间里就决定雇用你！”

“他和我的朋友华特·盖尔比较熟！”

“喔，我以前见过他。你跟盖尔先生有亲戚关系吗？”

“没有。”

“你知道那个孩子，约翰·格兰戴尔，是我外甥吗？”

“不，先生，我不知道。非常抱歉。”

“他是个好孩子，但是弗林特先生对他有偏见。他雇用你的时候说过任何关于我外甥的事情吗？”

“我想他说过，但是我不熟悉，所以没注意。”

接着又来了客人。9点钟的时候，弗林特先生走了进来。

“看来你已经开始工作了。什么时候到城里来的？”他高兴地对安迪说道。

“是的，先生。昨天到的。”

“找到住的地方了吗？”

“是的，在柯林顿大街。盖尔先生推荐的地方。”

“很好，李奇先生，这是新来的伙计。”

“他告诉我了。”李奇冷冷地说道。

“今天早晨有客人吗？”

“是的，先生。是条金链子，12点要送到梅森太太那里，地址是五十六大街。”

“你可以让安迪去。”

安迪很高兴老板来了。这可以让领班不再那么嚣张。差一刻12点的时候，有人交给安迪一个装着链子的盒子，上面写着梅森太太的地址。

“你认得买链子的那位女士吗？”弗林特先生说，“我希望你把这盒子交到她手上。记得请她给张收据。”

“好的，先生。”

安迪坐上了前往百老汇大街的车，接近12点的时候到达了地址上的地点。开门的是一位男仆人。

“我有个包裹要给梅森太太。”安迪说道。

“好的。给我拿吧！我会转交给她的。”

“我还是等一下吧！她说她12点会在这里。”

男仆正要发脾气，突然一位女士沿着台阶走上来。

“你是弗林特先生派来的吗？我是梅森太太。”她问道。

“是的，夫人。我记得您。”安迪鞠躬说，“您能给我一张收据吗？”

“当然。进来吧！我不会让你等太久的。”

“为什么不把包裹给我呢，孩子？”那位仆人问道。

“因为你不是梅森太太。老板叫我一定要亲手交给她。”

“呃！这可真是太严格了。”

“这是弗林特先生的规定，跟我没关系。”

“这是收据，谢谢你。”梅森太太回来说道。

安迪鞠躬道谢，然后开门正要走出去。

“恐怕我耽误了你的午餐吧！”女士说道。

“我现在就去吃午餐，谢谢您！”

“我的午餐刚刚准备好。你愿意接受我的邀请，跟我一起吃午餐吗？”

“我非常乐意。”安迪从小就接受良好教养，他一点也不像有些孩子那样感觉不好意思。

“那么跟我来吧！”女士边说边带着安迪进到餐室。“你是我唯一的客人，”她说，“我的孩子刚刚出城去。需要我帮你拿些凉鸡肉吗？”

“谢谢您。”

除了鸡肉之外，还有面包和奶油，以及一些热茶。一切都非常简单，安迪很喜欢。

“我想知道这位客人的姓名。”梅森太太说道。

“我叫安迪·格兰特。”

“你在弗林特先生那里很长时间了吗？”

“今天是第一天。”

“我希望你喜欢那里的环境。你不是城里的孩子吧？”

“不是，我从亚顿来的。”

服侍他们的是格斯塔维，就是刚才对安迪很粗鲁的家伙。看来他很不愿意伺候这个“弗林特珠宝店”来的男孩，而且很明显，他觉得自己的女主人有些古怪。

梅森太太愉快地交谈着，显然她很喜欢这位年轻的同伴。

“比自己一个人吃饭有意思多了。”她说着，从桌子边站了起来，“我感觉跟你很有缘分，安迪。等我孩子在家的时候，你一定要过来一下。他比你小一两岁，我相信你们一定会成为好朋友的。”

“我很乐意来，感谢您的邀请。”安迪感激地回答道。然后他立即回到了店里。

“你回来得很早。”弗林特先生说道。

“是的，梅森太太请我吃午餐，这帮我省了些时间。”

西蒙·李奇大吃一惊。从来没有客人邀请他外甥吃午餐。

随着时间一天天过去，安迪开始意识到西蒙·李奇的确不是他的朋友。西蒙总是在一旁冷冷地监视他，试图挑出他的毛病。安迪发现自己必须极其小心，尽力完成好自己的工作。另一方面，虽然李奇先生经常在背后说安迪的坏话，弗林特先生却感觉安迪非常善良、真诚。

有一次，当安迪吃完午餐回来的时候，他发现有人正在跟西蒙·李奇聊天。他认出那个男孩就是约翰·格兰戴尔。约翰凶巴巴地看了他一眼。而西蒙·李奇也觉得不大合适，所以就没有向安迪介绍约翰。过了一会儿，当李奇出去吃午餐的时候，约翰·格兰戴尔便陪着他一起出去了。

“您觉得我有可能回来吗，西蒙舅舅？”约翰问道。

“现在不行。刚才那个孩子跟弗林特先生有特殊关系。”

“他是个什么样的家伙？为什么弗林特先生雇用他呢？”

“天知道啊！我也不清楚。但他太嫩。我不喜欢他。”

“他会留下来吗？难道不能让弗林特先生讨厌他吗？”

“如果让我来决定的话，他肯定不会留下来。我会尽力找机会让他难堪，但这并不容易，因为他确实是个好孩子。他总是尽量跟人搞好关系。你知道梅森太太吗，就是住在五十六大街的那个？”

“是的。我曾经给她送过货。”

“这孩子第一天给人家送货时，她就请他吃午餐了。”

“您不是开玩笑吧？”约翰惊讶地叫道，“她从来没注意过我。”

他们一起走进了联合广场上的乳品餐厅吃午餐。

“西蒙舅舅，”当他们吃完午餐往外走的时候，约翰说，“您能给我50美分吗？您知道我现在没有工作，身上一分钱也没有。”

“你要50美分干吗？”舅舅皱着眉头问道。

“我今天晚上想去大剧院。我已经两个星期没去了。”

“在这种情况下，你不应该想着去那种地方。”

“可是，这并不是我的错啊！”约翰恳求道。

“不，是你的错。你在店里的时候不好好工作，所以你才失去了这份工作。你有没有再找其他的工作？”

“没有。我想您会让我回到弗林特先生的店里。”

“我觉得机会不大，但我会尽力把那孩子赶走。”

“我希望您会做到这一点，我不想看到他。感觉好像是他抢走了我的位子。”

“你觉得新来的这个孩子怎么样，李奇先生？”第一个星期就要结束的时候，弗林特先生问道。

“我不大喜欢他。”西蒙·李奇冷冷地说道。

“他怎么啦？难道他没有好好工作吗？”

“不是的。”西蒙·李奇不情愿地说道。

“那你为什么不喜欢他呢？”

“他做事总是鬼鬼祟祟的。却尽量给你留下好印象。”

“我觉得他非常坦诚。不是吗？”

“是的，不过我想您应该多留意他。”

“怎么？你不会怀疑他不诚实吧？”

“人心难测啊！”领班别有用心地说道。

弗林特先生微笑着走开了。他很清楚，这位领班之所以不喜欢安迪，是因为安迪取代了他外甥的位置。

同时，安迪已经跟邻居们都很熟悉了。除了华伦之外，他发现自己隔壁房间的山姆·培金斯先生也很好相处。山姆是个18岁的年轻人，他在百老汇的家具店工作。因为工作地点的关系，5点半下班后，他可以及时在正常时间回到家里吃晚餐。他很喜欢打扮自己，经常佩戴各种华丽的领带，而且他总是能够以批发价买到这些东西。

第一天晚上，他跟安迪自我介绍，并且问道："你一个星期能赚多少钱？"

"一个星期5美元。"

"我赚7美元，可是这太少了。根本不够一个男人用的。我一星期的车费就要花掉60美分。家里每个星期给我2美元。可是我告诉你，在纽约，钱花得很快。"

"毫无疑问。这里有很多花钱的方式。"安迪回答。

"今天晚上跟我一起去剧院吧！"

"我想过段时间再去。这是我在纽约的第一个晚上。"

"你见过华伦了吗？"

"你是说对面那个大房间里的先生？我跟他聊了一下。"

"你觉得他怎么样？"

"我跟他不熟，不好判断。"安迪谨慎地说道。

“他是个古怪的家伙。总是假装在给杂志写文章。”

“他是在写，不是吗？”

“是的，他给杂志写文章，可是我觉得并没有被发表。他根本不会交朋友。我曾经约他去剧院，可是他不愿意去。有一次我身上没钱了，找他借25美分，可是他居然不愿意。”

“很可能是因为他也没那么多钱吧。”

“可能吧。你见过他那条难看的领带了吗？”

“他没有你的条件啊！所以无法买到新领带。”安迪笑着说道，因为他已经知道了山姆在哪儿工作。

“你觉得我现在这条领带怎么样？漂亮极了，不是吗？”山姆得意扬扬地说，“我每个星期都会买条新领带。你看，我可以以半价买到。女孩子们总是会注意到我的领带。”

“哦，那她们肯定不会注意到我。”

“你的领带太素了，这是事实。我帮你买一条吧，可以半价。他们会以为我是给自己买的。”

“谢谢你。以后再说吧。现在我可不想乱花钱。”

吃饭的时候，有人向安迪介绍新婚不久的奥斯本夫妇。奥斯本太太个子很高，身材瘦削，大约35岁。奥斯本先生至少比他太太年轻5岁。他是因为奥斯本太太的钱才跟她结婚的，但她很注意开销，所以他也没占到什么便宜。他是商店的职员，每周赚

8美元，但要支付房租，他的妻子每年可以有1000美元供自己开销，只是偶尔给他一两美元。

奥斯本先生比他太太好看很多，可能正是这个原因，每次他看其他女人的时候，奥斯本太太总是很嫉妒。她的一个主要嫉妒对象是在城里女帽店工作的曼森女士。她是个很有趣的人，非常讨人喜欢。

这里还住着金保尔先生，他是一位销售员，在赫尔恩店里工作。他喜欢跟人讨论金融问题，感觉像是一位银行家，因为奥斯本先生对于金融的了解非常肤浅，所以金保尔感觉自己总是找不到知音。事实上，奥斯本太太是餐桌上唯一能够跟他讨论他喜欢的话题的人。

“曼森小姐，要糖吗？”第一天吃饭时，奥斯本先生问。

“曼森小姐自己可以拿到糖罐。”奥斯本太太皱着眉说。

“我只是在敦亲睦邻，亲爱的。”她丈夫责备地说道。

“我知道。”

曼森小姐笑了笑，其他人也都跟着笑了起来，他们都感觉到了奥斯本太太在吃醋。

“你看过总统的财政通报了吗，奥斯本先生？”金保尔先生问道。

“没有，我对这种事情不感兴趣。”

“我看过了，金保尔先生，”奥斯本太太说，“我同意他的建议。”

“我也同意，只是有一点。”金保尔先生说道。然后他们开始了一场其他房客根本不感兴趣的讨论。

晚餐结束之后，安迪和山姆出去散步。华伦先生也走开了，说自己正要给一家杂志写诗。

“你在珠宝店工作，”山姆问道，“说不定有一天我会到你那里买个戒指。你愿意给朋友打个折吗？”

“我不知道。如果可以的话，我一定帮忙。”

第 7 章

一起针对安迪的阴谋

大约六个星期过后，一个西部联合电报公司的伙计走进商店，交给了弗林特先生一封电报。弗林特先生看了电报的内容，突然显得非常烦躁。

“李奇先生，”他转过头对领班说，“有个坏消息。我唯一的弟弟生病了，病得很严重。这封电报上说如果我想在他活着的时候见他一面，我必须马上动身。”

“他住在哪里？”

“科罗拉多州丹佛市。我知道我现在不应该扔下这里的生意，但是我实在想见他最后一面。”

“先生，我可以照顾好一切。我已经跟您一起六年了。”

“是的，你对我们的生意很了解。如果必要的话，你可以每天给我发电报，而且安迪也可以帮你。他是个好孩子。”听到这话，西蒙·李奇没有任何回应。但是他脸上的表情看起来阴沉沉的。

“我想回家准备一下。马上就走。没有时间跟你详谈，抵达丹佛我就写信给你。”

“好，先生，”西蒙·李奇平静地说，“不要担心。您不在的时候一切都会顺利的。”

半小时后，安迪从外面回来时，弗林特先生已经离开。“我有件事要告诉弗林特先生。”安迪走进商店时说道。

“你可以告诉我。”

“人家说要亲自告诉弗林特先生。”

“这可不容易，年轻人。”西蒙·李奇冷笑着说，“弗林特先生现在正在去丹佛的路上。他今天收到消息，说他唯一的弟弟快死了。”

“他要离开多久时间？”安迪开始明白自己不利的处境。

“可能至少要三个星期吧！当然，他不在的时候由我来管理。你了解吗？我告诉你，”西蒙·李奇一副骄横的口吻，“我可不想听你说废话。你必须好好做。我可不像弗林特先生那么容易应付。”

“我会完成任务的。”安迪说道。

“那样最好。别站在那里，去工作吧！”

安迪忍耐着怒气。他知道这三个星期或者更长的时间里，他的命运掌握在这个显然不喜欢自己的人手上。他也不知道自己该如何应付。但他决定一定要尽量完成自己的工作，无论领班如何为难自己，他都不会顶撞对方。

大约一个小时之后，西蒙·李奇给了安迪一封信，让他投到最近的邮箱里。收信人是约翰·格兰戴尔，信上写道：

亲爱的约翰：

请火速赶来。有事相告。

舅舅西蒙·李奇

大约4点钟的时候，约翰·格兰戴尔走进了商店。

“安迪，”李奇说，“去第九大街买些邮票吧！”

安迪知道现在并不需要邮票，李奇只是想把自己支走罢了。

但无论如何，他都得听从命令。当他要走出商店时，约翰好奇地问道："您要告诉我什么，西蒙舅舅？"

"弗林特去科罗拉多了，我现在全面负责这家商店。"西蒙·李奇得意地笑着回答。

"天啊！这可真是太好了！"约翰叫道，"现在您可以让那个家伙滚蛋，让我回来了吧！"

"我是打算这样做，但必须再等几天。我得找个好理由才能赶他走。你知道，弗林特先生会问的。"

"我想找个借口很容易。"

"没那么容易，但我有个计划。你知道，这孩子是个好孩子，没什么坏习惯。如果我能看到他打台球或者是其他类似的活动，我可以很容易把他赶走。可是他偏偏是个优秀的孩子。"

"跟我一样。"约翰说道。

"我从来不觉得你是个好孩子。但你毕竟是我的外甥，我必须尽量帮助你。你明天过来吧！到时候肯定能想出办法。"

"我想现在就开始工作。那一定很有趣，反正现在老弗林特也不在。"

"小心别在安迪面前说'老弗林特'。老板回来的时候他可能会告诉他。"

"如果他敢的话，我会揍扁他的。"约翰马上说道。

“我想你最好还是别那么做。如果你想跟他打架，你需要用两只手。他是个很强壮的孩子，肌肉发达。”西蒙·李奇谨慎地说道。

“您怎么好像是在帮他说话啊，西蒙舅舅。”

“不是，但我不能睁眼说瞎话。安迪确实比你强壮。”

约翰看起来有些不高兴，西蒙·李奇还是接着说：“就这件事情来说，力量不是最关键的问题。我们要动脑子。”

“是的，舅舅。您最懂得用脑子了。”

“那是当然。你只要好好听话就行，我们必须想办法在征得弗林特先生同意的情况下让安迪滚蛋。”

“我取代他位置的那一天一定棒极了。”

“确实如此。要有耐心，我想让你像朋友般对待他，这样他就不会怀疑我们有任何阴谋了。”

“我明白了。您真聪明，西蒙舅舅。”

接下来的几天，安迪开始为自己受到的礼遇大为吃惊。他本来以为事情会完全是另外一个样子。他觉得自己看错了李奇先生。当第二天约翰·格兰戴尔邀请他去乳品厨房吃午餐的时候，他更加惊讶了。他本来不打算去，可是约翰坚持要请他，直到最后，安迪觉得再拒绝就显得不礼貌了，于是就答应了他。

吃饭的时候，约翰跟他谈得非常开心，安迪感觉既惊讶又高

兴。“你有新工作了吗？”他问道。

“还没，但舅舅觉得他很快就可以帮我找份工作。”

“我希望你能找到好工作。”

“哦！我想我会的。”约翰别有用意地笑道。

就这样几天过去了，安迪开始觉得李奇先生已经是自己的朋友。但是风暴终于爆发了。这天，当他正走进商店的时候，他注意到西蒙·李奇的脸色看起来非常阴沉。“安迪，”他突然说，“发生了一些让人不高兴的事了。”

“什么事，李奇先生？”

“有一只金表不见了。”

“很贵重吗？”安迪问道。

“那只表值50美元。我可不想在弗林特先生出门期间发生这样的事情。”

“你觉得是怎么回事呢？”

“现在还不清楚，但因为你跟我外甥经常在店里，所以你们应该有机会拿走金表。”

“西蒙舅舅，”旁边的约翰说，“您一定要搜搜我。”

“我会的，虽然我不确定是你还是安迪的问题。”

“那您也搜搜我吧，李奇先生。”安迪无畏地说道。

西蒙·李奇在约翰身上没有发现任何东西，但当他把手伸进安迪马甲的上口袋时，却从里面掏出了一张折起来的纸。

“这是什么？”他问道，“金表的当票？这什么意思？”

这是第三大道的当铺给的一张金表当票，当这只表的人从当铺借走了10美元。借款人的姓名是安迪·格兰特。

“可怜的孩子！”西蒙·李奇严厉地说，“你原来是个贼。这可真是太虚伪了！”

“我不知道这是怎么回事！”安迪叫道。

“你不知道！可能吧！不过我知道。”西蒙·李奇讥讽地说道。

“你觉得我偷了金表，然后拿去典当吗，李奇先生？”安迪激动地问道。

“这好像证据确凿吧！要不然你怎么解释在你口袋里找到的这张当票？”

“我不能解释，我也不知道这是怎么一回事。我所能告诉你的就是，我以前从来没见过这张当票。”

“你一定以为我是个傻子，居然会相信这样的故事。”

“我也不相信安迪会去典当手表。”约翰虚伪地说道。

“那你能告诉我是谁做的吗？”他舅舅装出严厉的样子。

“我猜不出来。”

“我想其他人也猜不出来。当然，安迪，在经过这次事情之

后，我不能把你留在这儿，或者说弗林特先生的店里了。”

“李奇先生，你能帮我个忙吗？你能跟我一起到这家当铺，问问老板他以前是否见过我吗？”

“我可没时间做这种事。你能把抵押的10美元给我吗？”

“我没有用那只表去当任何钱。我对此根本一无所知。”

“别这么没礼貌，年轻人！弗林特先生走了以后，我一直对你很好，这说明我并不想冤枉你。难道不是这样吗？”

“你那样对我并没错，可是现在不一样了。”

“我可以继续做你的朋友，或者请人把你抓起来，证据就在我手上，你很可能会被判刑。可是我不会那样做。我会自己花钱把那只表赎回来，然后解雇你。”

“我想这是个阴谋，”安迪脸色苍白却坚定地说，“很快就会真相大白的。你想让我什么时候走？”

“马上。我把薪水开到周末，可是我现在不能让你继续留在这里。约翰，你愿意取代安迪的位置，直到我们再找到其他孩子吗？”

“是的，但我不想跟安迪被解雇这件事有任何关系。”

“你跟这件事没关系。只能由他自己负责。”

“那么我愿意待在这儿，我不想让您一个人陷入麻烦。”

西蒙·李奇打开放钱的抽屉，拿出一张5美元的钞票。“这是你到周末的薪水。”他说。

“我只要到今天为止的薪资。”安迪回答。

安迪垂头丧气地走出商店，头脑一片空白。他根本不知道当票的事。还有当票是怎么跑到自己口袋里的。他想出一个办法，他先去当铺，看看是否能得到任何资讯。他很容易就找到那家当铺，房间很小，但里面装满了各式各样的东西。

一个大约60岁的小个子男人在柜台后面。他坐在摇椅上缝衣服，后面还有一位上了年纪的女士。安迪以前从来没进过当铺，如果他这次来的任务不是这么重要的话，他可能会觉得逛当铺是一件很有趣的事情。他走到柜台前面。

“你好，年轻人，有什么事吗？”老年人问道。

“您记得上周有人把新的金表抵押在这里吗？”

“那金表是偷来的吗？”当铺老板有些焦虑地问道。

“想知道这个很容易，会有人把它赎回去的。”

“抵押了多少钱？”

“10美元。”

“我想起来了。是个跟你差不多的男孩子拿来的。”

“看起来像我吗？不是我吧？”

“我不记得了。你知道，我这里有很多客人。”

“我记得，”那位女士说，“他跟你差不多。但比你瘦一

点，皮肤很黑。”

安迪感觉事情开始有了些眉目。这个人听起来像是约翰·格兰戴尔。接着又问道：“您还记得他穿什么外套吗？”

“一件浅颜色的外套。”

“谢谢您。如果有人问您，您还会记得这些吗？”

“这金表是那位先生的吗？”

“他是被人指使的，但是我也不能告诉您更多消息。那只表很可能会被一个35岁的男人赎走。别告诉他有人问过您关于这只表的事。”

“好的。你肯定那只表不是偷来的吗？”

“那个送表来的孩子并没有偷，你们不会有麻烦的。”

“穷当铺现在的日子也不好过。如果那只表是偷来的，我们麻烦就大了，可是我们怎么判断他们拿来的戒指或手表是不是偷来的呢？”

“确实如此。我知道您有时候也搞不清楚。那些来当东西的人通常会告诉您他们的名字吗？”

“很少，他们几乎都用假名。有时候也会给我们带来麻烦。我记得那位先生写错了当票，结果他也记不得自己在当票上写的名字。如果他能告诉我们真的名字，即使当票丢了也没关系。可是事实上，我们以为他可能是个骗子，但这没关系，只要他拿来抵押的手表是他自己的就行了。”

“谢谢您的回答，很抱歉麻烦你们。”安迪礼貌地说道。

“哦，没关系。”老年人回答道，他喜欢安迪的长相，也很喜欢他的坦诚。

安迪走出当铺的时候，松了一口气。他感觉自己绝对可以通过当铺老板和他的妻子来证明自己是无辜的。但他并不着急，他得等到弗林特先生回来。他可不想让那位友好的珠宝商老板觉得自己是个不诚实的孩子。显然，他是这个阴谋的牺牲品，而这阴谋是由西蒙·李奇主导，然后由他外甥执行。

由于安迪的食宿是由华特·盖尔先生提供，所以他暂时还不会因为失业而发愁，他还可以继续留在纽约。他可以再找份新工作，只是他绝对不可能让西蒙·李奇帮他写推荐信。

刚走了不到100英尺，他突然碰到自己认识的孩子，名叫詹姆士·加莱汉。

“你怎么到这里来了，安迪？”他问道，“你是在为老板办事吗？”

“我已经离开那家商店了。他们……其实是那位店员，说我偷了金表，然后把它抵押到当铺了。”

“哪家当铺？”那孩子激动地问道。安迪指了指自己刚刚从里面出来的那家当铺。“我昨天看到约翰·格兰戴尔从里面走出来。”

“真的？当铺老板向我描述抵押手表的那个孩子的长相，我也判断是约翰。”

“这说明什么？”

“弗林特先生现在去西部，李奇和约翰联合找我麻烦。”

“你什么时候被解雇的？谁接了你的班？”

“到现在不到一小时，是约翰·格兰戴尔接我的班。”

詹姆士·加莱汉笑了起来。“我明白了，”他说，“这真是太无耻了。你打算怎么办？”

“等弗林特先生回来，到时候我可能需要你做证。”

詹姆士·加莱汉给了安迪第九大街的地址。

“好了，”安迪想，“我有一堆证据可以向弗林特先生证明我的清白。这是我现在最关心的。”

4点钟的时候，安迪回到自己的住处。

“你今天怎么回来得这么早，格兰特先生？”华伦问道，他房间的门敞开着，“生意不好吗？”

“是我的问题，”安迪回答道，“我被解雇了。我老板去了西部，领班把我解雇了，然后让他外甥取代我的位置。”

“你不是开玩笑吧！怎么会这样呢？这真是可耻。你打算怎么办？我希望你不会离开我们。”

“喔，我想不会的。我会等到弗林特先生回来。”

“当然，你现在没薪水了。我希望我能借给你一些钱，可是我寄给《世纪》杂志的那篇文章还没有消息。如果那篇文章被发表，他们会寄给我一大笔钱。”

“谢谢你，华伦先生。我现在还能应付。”

山姆·培金斯回来了，系着一条新的漂亮领带。

“很高兴见到你，安迪，”他说，“今天晚上要不要跟我去斯达剧院吗？”

“我不能去，山姆，我现在没闲钱了。我被解雇了。但只是暂时的。”

“很遗憾。希望我们那儿能有个空缺，要是那样的话，我会很乐意让你去我们那儿工作的。”

“谢谢你！你真是太好了。”

安迪正要下楼吃晚餐，突然艾娃跑了上来。“楼下有位送信的人想见你，格兰特先生。”她说道。

安迪惊讶地下楼去见那位送信人。那是位个头不高的14岁小男孩，名字叫汤姆·凯甘。“我有封信要交给安迪·格兰特先生。”他说道。

“给我吧！我就是安迪·格兰特。这是10美分。”

“谢谢你！”小男孩满意地说道。

信是写在一张时髦的便条纸上的。上端有一个H和M字母组成的签名。信的内容如下：

亲爱的格兰特先生：

我很高兴请你今天晚上7点跟我一起共进晚餐。我本来应该提前通知你，可是我知道你要到6点钟才从商店下班回来。你会见到我的儿子罗伊，他比你小一两岁，还有我的弟弟，约翰·克劳福德先生。他们两个都很想见你。

亨利塔·梅森

“什么事，安迪？”山姆问道。

“你自己看吧！”

“是梅森太太写来的，安迪，你正在进入一个时髦的圈子！能带我一起去吗？”

“恐怕我跟人家还不够熟，还不能这么放肆。”

“我可以把我最好的领带借给你。”山姆拿出了一条漂亮的红领带。

“谢谢你，山姆，”安迪说，“我想这不大适合我。”

安迪拿出一条普通的黑领带。说：“这符合我的品位。”

“对不起，安迪，但我觉得你并没有品位。”

安迪善意地大笑起来。他说道，“是的，但是我的品位跟你的不一样。”

“我想你的安排很好，我喜欢自己去吃时髦的晚餐。”

“等我回来的时候，我会告诉你的。”

“别忘了告诉对方你有个朋友——他们可能会想见一见的时髦年轻人。说不定下次他们也会邀请我呢！”

安迪笑了起来。“在我看来，山姆，”他说，“我希望你也能去，可是你在斯达剧院有个约会。”

“是啊！我差点忘了。”

安迪几乎没有时间准备，他匆忙地整理了一下自己，当外面的大钟敲响七下的时候，他准时按响梅森太太家的门铃。

“我很高兴你能及时收到我的邀请。”这位女士说道。

“我也是，”安迪说，“没有什么比这个邀请更让人高兴的了。”

就在这个时候，罗伊和梅森太太的弟弟——克劳福德先生走了进来。罗伊是个长得很好看的孩子，一头黑棕色的头发，皮肤黝黑。他大概比安迪矮两英寸。

“这是罗伊。”梅森太太说道。

“很高兴见到你。”罗伊伸出手说道。安迪觉得他应该会喜欢自己的这位新朋友。

然后他被介绍给克劳福德先生，一位身材矮胖，大约40岁的男士，样子长得很像他姐姐。

“很高兴见到你，我经常听到姐姐说起你，安迪。”他和蔼地说道。

“谢谢您，先生。”

“约翰，带大家去餐室吧！”姐姐说道。

克劳福德先生坐在桌子一端，对面是他姐姐，罗伊和安迪坐在两边。晚餐快结束的时候，克劳福德先生说：“我想，安迪，你在珠宝商弗林特先生那里工作吧。”

“以前是。”安迪回答。

“你现在应该没离开他吧？”梅森太太大声说道。

“没有，可是我被解雇了。”

“这让我很吃惊。我以为你是弗林特先生最喜欢的孩子。”

“是的。他不知道我被解雇。目前弗林特先生在科罗拉多，他的领班李奇先生利用这个机会把我赶走，然后让他外甥接替了我的工作。”

“可是，他不敢在没有任何借口的情况下这么做吧！”

“他说我偷了店里的手表，然后拿去典当。”

“这肯定不是真的。”

“是的，等弗林特先生回来，我会向他证明这一点。”安迪接着讲述了他去当铺的经过，以及他在那里的发现。

“这真是一起可耻的阴谋！”梅森太太愤愤地说，“我想你现在有麻烦了，因为你没有了收入。”

“幸运的是，我不必支付食宿。那位帮我找到这份工作的先生会帮我。”

饭后，他们回到客厅。“罗伊，”梅森太太说，“你可以离开我们一个小时，预习拉丁文的时间到了。”

“我不喜欢拉丁文，妈妈，”罗伊嘟囔道，“至少今天晚上不喜欢。我想我没办法集中精神。我想跟安迪在一起。”

“你在学什么，罗伊？”安迪问道。

“凯撒。”

“如果你愿意的话，我可以帮你。我学过凯撒，还有维吉尔。离开学校的时候，我正在学西塞罗呢！”

“你能吗？”罗伊高兴地问道。

“罗伊会很高兴你能帮他，安迪，”梅森太太说，“我不知道你还是位学者呢！”

“我原本准备好上大学了，只是因为爸爸的破产使我不得不中途停止。”

安迪可真是好帮手，罗伊发现自己进步了不少。

就在这个时候，梅森太太问她弟弟：“你觉得我的这位朋友

怎么样？”

“他是个很有男子汉气概，也很有吸引力的孩子。”

“你能帮他找份工作吗？”

“我先跟他谈谈，然后再决定吧！”

第 8 章

新的未来

罗伊在安迪的帮助下，预习完功课后，约翰·克劳福德开始跟安迪聊天，目的就是判断他是否适合自己的要求。“你喜欢珠宝行业吗？”他问道。

“不喜欢，先生。我只是因为偶然的机会才到弗林特先生的店里的。”

“我知道你的拉丁文学得很好。如果不是因为你父亲的情况

中途离开学校，你本来打算做什么？”

“我想我不喜欢替人工作。我更喜欢做生意。”

“你具体想过要做什么生意吗？”

“没有，先生。我想只要有机会，我可以学会任何行业。”

“弗林特先生付给你多少薪水？”

“每个星期5美元。”

“我可以告诉你我为什么要问这个。我在做不动产生意，生意做得很大。我办公室里有个孩子，我觉得他不够好。他肯学习，只是没有商业头脑。所以我决定星期六解雇他。你想接替他的工作吗？”

“非常愿意，先生。”

“我每个星期只能付给你5美元，可是只要你做得好，我很快就会给你加薪。”

“这很好，克劳福德先生。只要弗林特先生一回来，我就能请他帮我写封推荐信。我想我更喜欢做您这行生意。”

“我姐姐的推荐已经足够了。如果你喜欢做生意，而且又有天赋，你会有机会成功的。这完全取决于你自己。如果你只是为了钱去工作，你不会有任何进步的。”

“我明白，克劳福德先生，非常谢谢您。”

“妈妈，”罗伊说，“我希望您能请安迪晚上到这里来辅导我。那样我就会学得更快。而且，我喜欢跟他在一起。”

罗伊是个独生子，所以梅森太太非常希望他能得到最好的教育。她很有钱，而且也是个很大方的人。

“那样安迪白天在你舅舅的办公室里工作，晚上还要来教你，我怕他会太累了。”她说道。

“你愿意吗，安迪？”罗伊问道。

“不累的。我喜欢跟罗伊一起复习功课。”

“好吧！”梅森太太说，“你每天晚上8点过来吧！”

“我很高兴这样做。”

“至于报酬，跟我弟弟付给你的一样。”

“我不会因为帮助罗伊而收费的，”安迪说，“我自己很高兴这样做。”

“安迪，”克劳福德先生说，“我想这样的话，你永远也不会成为商人。我建议你接受梅森太太的条件。她能付得起你的薪水，而且你还要生活。”

“非常感谢二位。有了这些收入，我觉得自己突然变成有钱人了。”

“我很高兴你能来帮我，安迪，”罗伊说，“我们会过得很开心的。”

“您希望我什么时候上班，克劳福德先生？”安迪问道。

“你明天就可以过来，正式开始工作之前先熟悉环境。这个星期你每天下午只要待到3点就可以。3点过后就没太多事情要做了。”

当安迪回到家的时候，他感觉开心极了。没想到被珠宝店解雇反而成了一件好事。他现在每个星期收入10美元，而且不需要支付食宿费。无疑地，他可以开始存钱了。他告诉自己，即使是有机会，他也不会回到弗林特先生的珠宝店。

走进房间的时候，他看到山姆·培金斯正在那里等他。

“我一直在想，安迪，”他说，“或许我能帮你。我明天会跟钱伯斯先生谈谈这件事。”

“不用了，山姆，我已经找到工作了。”

“什么，已经找到了？”山姆吃惊地说，“这是怎么一回事啊？”

“是工作找上我的，”安迪笑着说，“我在吃晚餐的时候遇到了一位先生，他给了我一份工作。”

“什么行业？哪家公司？”

“不动产。约翰·克劳福德公司。”

“我知道那家公司。办公室就在百老汇大街上。那是一家大公司。薪水多少？”

“每星期5美元。”

“你不觉得5美元很难养活自己吗？”

“我还有另外一份工作，晚上帮一个孩子学习拉丁文，每个星期能赚5美元。”

“什么！你一个星期赚10美元？”

“是的。我很佩服你的数学天分。”

“天啊！安迪，你可真是个幸运的家伙！我希望自己每星期也能赚10美元。”山姆嫉妒地说，“可是我不知道你居然也懂拉丁文。”

“你还不知道我多有学问呢！”安迪笑道。

“你什么时间去教学生呢？”

“晚上。”

“这可真是太遗憾了。如果白天、晚上都要工作的话，那我就不能常常见到你了。”

“我们早餐和晚餐时见面啊！我7点半才出去。”

“但你不能去剧院了。”

“如果每星期能赚5美元，我情愿放弃剧院。”

“我也是。”

第二天早晨，安迪来到克劳福德先生的办公室报到。他发现这是一间很大的办公室，里面有三个房间，其中一个专门供克劳福德先生使用。外面的房间里，有两三个职员和一个男孩。那个男孩名叫詹姆士·格雷，是一个很好看的家伙，只是做起事来效率太低。他已经知道自己将在星期六被解雇。

“我想是你来接替我的工作吧！”他对安迪说道。

“真对不起，让你失去了工作。”

“哦，不用介意。我会到城里一家旅馆里接电话。我表哥在那里帮我找了份工作。从下午5点开始，一直到半夜。”

“那很好。你喜欢吗？”

“哦，我可以在床上躺到第二天早晨10点或11点，而且上班的时候也没有太多事。我可以买一些便宜的小说，这样可以打发时间。”

“你觉得不动产这一行怎么样？”

“哦，普通。我想我更喜欢接电话。”

“安迪，你可以跟着詹姆士到处看看，他会告诉你需要做些什么。”克劳福德先生说道，“詹姆士，你现在去趟邮局吧！”

“好的，先生。”

“我希望你能很快找到另一份工作。”

“我已经找到了，先生。”

“真的！那太好了。”

“我会成为一个接线生。”

他们走路去邮局，詹姆士说：“克劳福德先生是个好人，可是我想他觉得我工作效率不够好。”

“我工作效率很好。”安迪说道。

“那你很适合他。”

星期六晚上，詹姆士领了薪水，并且收到了额外的5美元奖金。安迪觉得他的新老板真的非常善良，而且很体贴。让他感到惊讶的是，他居然也领到了半个星期的薪水——这是他所没想到的。

虽然西蒙成功地让自己的外甥取代了安迪的位置，可是他并不开心，约翰·格兰戴尔生性懒惰，失业这段经历似乎并没有让他有任何改进。每次出去办事的时候，总是磨磨蹭蹭，经常给他舅舅找麻烦。所以西蒙不得不承认，还是安迪更能让人满意一些。

这段时间里，约翰要求西蒙每个星期的薪水增加1美元。“你知道我没有权力提高你的薪水。”他舅舅严厉地说道。

“为什么不呢？舅舅，您用您的权力把我请了回来啊！还是您想让那个乡下孩子再回来？”

“我不确定，或许是吧！我现在开始觉得自己犯了一个大错误。安迪出去办事的时候不会像你那样用那么长的时间。”

“我想知道他现在正在干吗呢？”约翰开始了一个新的话题，“我想他应该还没找到新工作吧！”

“要是你见到他的话，叫他过来见我一下吧！”西蒙·李奇说道。

“为什么？”约翰怀疑地问道。

“我想解雇你，重新让他回来。”

“如果是这样的话，我会告诉弗林特先生关于抵押手表的事情。”

西蒙·李奇愤怒地看着自己的外甥，心里感到一阵难过。他现在开始意识到，从某种程度上来说，他被约翰钳制住了。“你这个忘恩负义的小混蛋，我真想扭断你的脖子！”他愤怒地说道。

“西蒙舅舅，”约翰别有用心地回答，“我想您最好还是不要那么着急。”

“我真傻，居然让自己落到那个小混蛋的手里！”西蒙·李奇自言自语道。

约翰看到自己的话发生了作用，决定得寸进尺。

“您难道不能提高我的薪水吗？”他问道。

“不，我不能。弗林特先生回来的时候，如果你还能留在这里工作，那已经算是幸运的了。我可无法保护你。看到你回来，他可能会很生气。所以我必须告诉他，我只是暂时让你在这里工作。现在我可以给你一些建议。如果你想要在这里工作，你最好改变一下自己，努力工作。如果是那样，我可以帮你说些好话，弗林特先生可能会考虑留下你。”

约翰开始相信这或许是个好建议，在之后一两天的时间里，他开始稍微留心自己的工作能力。“有段时间没见过安迪了。”他自言自语道，“我经常出去办事，应该能够见到他。他可能正在找工作吧！”

直到星期二下午的时候，约翰才见到安迪。安迪当时正要去圣・丹尼斯旅馆见公司的一位客户。从旅馆出来的时候，他碰到了约翰。

约翰先看到了他。“你好，安迪！”他叫道，“最近怎么样啊？”

“很好，谢谢你。”

“我想你还没找到工作吧？”

“哦，不，我已经找到了。”

“找到了！”约翰吃惊地叫道，“什么工作？没有推荐信他们也雇用你吗？”

“是的！我在城里一家大型不动产公司工作。”

“我舅舅不会帮你写推荐信的。”

“我也不会找他写的。”

“那谁推荐你的啊？”

“五十六大街的梅森太太。”

“我知道。她是我们的客人。可能她没听说你被怀疑拿商店里的金表去当铺抵押的事吧！”

“你可以去告诉她。”

“说不定我会的。”约翰说，“他们付你多少薪水？”

“每星期5美元。”

“我没想到你能找到工作。”

安迪笑了笑说：“我想李奇先生不希望我找到工作。”

“他以为你会回乡下。”

“我现在比在珠宝店的时候日子好过。”安迪说，“你过得怎么样？”

“哦，好极了。”

“我希望你能够保住自己的工作。”

“我不知道，但你应该想回来吧！”

“即使有机会我也不回去啦！”

约翰很高兴听到这句话。他正担心弗林特先生可能对舅舅的解释不满意，最终发现真相呢。

“我要走了。”安迪说，“我得马上回办公室。”

回到珠宝店的时候，约翰满心激动地说：“您知道我刚才遇到谁了吗，西蒙舅舅？”

“安迪？”

“是的。”

“我想他正在找工作吧！”

“不！他已经找到工作了。”

“他在哪儿工作？”

“城里的一家不动产公司，他每星期赚5美元。”

“我没想到没有推荐信他也能找到工作。”

“是我们的一位客人，梅森太太推荐的。”

“我明白了。那他可真是幸运。”

西蒙·李奇无所谓地说着。但他很高兴安迪能够找到新工作，因为那样的话，弗林特先生就不会发现真相了。约翰却不这样想。他永远不能原谅安迪超过自己，安迪这么快就找到了工作，这让他感到很难过。想着想着，他突然有了一个卑鄙的想法。他想让安迪被现在的老板解雇。

因为他舅舅看起来并不关心这件事，所以他可能不会赞成自己的主意，他决定不动声色地执行自己的计划。那天晚上，吃完晚餐之后，他来到了五十六大街，找到了梅森太太的住处，按响了门铃。

“我能见梅森太太吗？就说是弗林特先生店里的伙计就行了。”他说道。

梅森太太感觉有些吃惊。弗林特先生店里的一个伙计能跟她说些什么呢？可是她还是来到了客厅，约翰·格兰戴尔正在那里等着见她呢！

“你是弗林特先生店里的吗？”她问道。

“是的，夫人。”

“你来找我有什么事？我最近没买珠宝啊！”

“我知道，梅森太太。我要跟您说的并不是珠宝的事。”

“那是什么事？”

“我今天遇到了我们公司之前雇用的一个伙计，安迪·格兰特。”

“是吗？”

“他说您推荐他到城里的一家不动产公司工作。”

“是的。”

“或许您不知道他是因为不诚实才被我们解雇的吧！”

“我明白了，”梅森太太好奇地打量着约翰，“他偷什么东西了吗？”

“是的，”约翰油腔滑调地说，“他从店里偷了金表拿去当。”

“这太糟糕了。你就是来告诉我这件事的吧？你可真是体贴。是李奇先生派你来的吗？或者是你自己决定来的？”

“我是自己来的。我想您可能被那个孩子骗了。您应该收回您的推荐，叫人解雇那孩子。”

“你可以稍等半小时吗？我要想想该怎么办才好。”

“好的，夫人。”

大约半小时后，门开了，让约翰感到惊讶的是，安迪走了进来。

“你在这里！”出乎约翰·格兰戴尔的意料。

“是的。我听说你在梅森太太面前说我的坏话。”

“我想她应该知道你因为可耻的事情才被店里赶走的。”

“我也有些话要告诉你，”安迪静静地说，“我去过当铺，当铺老板向我描述了去抵押金表的人的样子。”

约翰的脸顿时变得惨白。

“我想你也明白，”安迪接着说，“这件事到底是谁做的。我也明白，梅森太太也明白。伤害我对你一点好处也没有。晚安！”

约翰·格兰戴尔一句话也没有说就离开了梅森太太家。他开始害怕起来。“如果安迪告诉弗林特先生……”他自言自语道，“没关系，他没有证据。”可是他还是感到不安。

他没有告诉舅舅关于这次拜访的事情。

克劳福德先生不是一个普通的不动产交易商。他无论做什么

工作，都尽心尽力，而且不辞劳苦。在他的私人办公室里，有很多关于建筑、不动产、法律等方面的书。安迪看到以后，就对老板说他想借些看看。

克劳福德先生看起来很高兴，但他却问道：“你觉得你会对这么枯燥的东西感兴趣吗？”

“我读书不是为了兴趣，而是为了提升自己，”安迪回答，“如果要想搞懂这行的话，我必须尽量了解它。”

“你可不是个一般懂事的孩子，”克劳福德先生说，“我敢肯定你会成功的。”

“如果可能的话，我也想成功。”

从这时起，约翰·克劳福德就开始对安迪更加感兴趣了，他努力帮助他，告诉了他很多关于不动产行业的实用资讯。

“你觉得安迪怎么样，约翰？”没过多久，梅森太太就这么问他的弟弟。

“他是个宝贝。他无愧于你的推荐。”

“我很高兴听到你这么说。我也觉得他是个不一样的孩子。自从安迪来帮助罗伊辅导功课之后，他的成绩进步了很多。”

一天，安迪去中央车站办事。他到达车站的时候，正好有一列火车到站，让他感到吃惊的是，他看到弗林特先生正从包厢走下来。

“弗林特先生！”他高兴地叫道。

“安迪！”珠宝商兴奋地说，“真高兴见到熟悉的脸孔。可是你现在怎么在这儿啊？是李奇先生派你来的吗？”

“您没听说吗？我被解雇了。”安迪说道。

“什么时候发生的事？”珠宝商问道。

“大约两个星期前。”

“李奇先生没告诉我这件事。现在谁在顶替你的工作？”

“约翰·格兰戴尔。”

“他的外甥？就是我解雇的那孩子？”

“是的，先生。”

弗林特先生的脸色一下子变得凝重起来。“我必须要他解释一下。”他说，“他找什么借口解雇你的？”

“不诚实。他说我偷了店里的金表，然后拿去做抵押。”

“荒谬！”

“您不相信我有罪？”

“当然不相信。”

“谢谢您，弗林特先生。”

“告诉我，你现在情况怎么样。”

“请原谅我，弗林特先生。我现在在不动产公司工作，正在办事。如果您愿意的话，我可以去您那里，告诉您所发生的一

切。同时我也会让李奇先生告诉您他的解释。”

“今天晚上来吧，安迪。”

“我只能7点到7点半之间到您那里，因为我晚上还要教个学生。”

“来我家吃晚餐吧，6点过后就尽快赶来。”

“好的，先生。”

弗林特先生先给西蒙·李奇发过电报，告诉他自己将要回来，可是由于出了点问题，电报并没有发到西蒙·李奇手上，所以当他老板走进商店的时候，他大吃一惊。

“我不知道您已经回到纽约了，弗林特先生。”他说道。

“你没有收到我从水牛城发来的电报吗，李奇先生？”

“没有，先生。我希望您一切都好。”

就在这时，约翰·格兰戴尔从外面办事回来。

“你在这里！”珠宝商说，“安迪·格兰特呢？”

“我不得不解雇他。”西蒙·李奇紧张地说道。

“为什么？”

“让我感到吃惊的是，我发现他居然偷了店里的金表。”

“你有什么证据？”

“我在他的口袋里找到了当票。”

“这可真让我感到吃惊。”珠宝商静静地说，“安迪看来并不像是个不诚实的孩子。"

"我也很吃惊，先生。我几乎不敢相信自己的眼睛。"

"你怎么会搜到那张当票的？"

"因为约翰偶尔也会到店里来，所以我知道金表不是他就是约翰偷的。于是我就搜了他们两个。"

"然后你就在安迪的口袋里发现了当票？他承认是他偷的吗？"

"没有！他脸皮很厚，但是证据确凿。"

"所以你就把他解雇了？"

"是的，我不敢让他继续留在这里了。"

"然后你就请你外甥来顶替他的职位？"

"是的，先生。约翰碰巧在这里，所以我就暂时雇用他，当然，最后要由您来决定。"

"安迪现在在哪里呢？你后来见过他吗？"

"约翰见过他一次。他现在在哪里呢，约翰？"

"在百老汇，就在圣·丹尼斯旅馆附近。他说他找了份新的工作。"

"在哪儿？"弗林特先生大声地问。

"在一家不动产公司。"

"我想你没有帮他写推荐信吧，李奇先生？"

“没有，先生，我不能不负责任地那么做。当然，既然您回来了，如果您不满意约翰在这里，我们可以登广告再找一个人。”

“我想用一天时间想想这件事情。我只能在这里待半个小时，马上就要回家。”

当弗林特先生离开商店的时候，西蒙·李奇说：“这老家伙对待这件事情的态度比我想象的还要平静。”

“您觉得他会让我留下来吗，西蒙舅舅？”

“我现在也不知道。有一件事情我必须告诉你——如果你不肯改过自新，努力工作，你就不可能在这儿待得长。”

“我会的！但我担心的是，安迪可能会来散布谎言。”

“我想不会的。我在他口袋里找到当票。他是无法解释这件事情的。”

约翰比他舅舅更了解安迪将会怎么做，他不禁感到害怕。

6点钟过后，安迪来到了弗林特先生家。

“我听到李奇先生的解释了，安迪。”他说，“现在我想听听你的解释。”

“我只能简单地说一下。那手表是约翰·格兰戴尔拿去抵押的。当然，是李奇先生给他的。”

“你怎么知道的？”

“我去当铺老板那里求证过了，他跟我描述去抵押手表的孩子。跟约翰的长相一模一样。还有，就在同一天，我碰到詹姆士·加莱汉，他也看到约翰在前一天从当铺里出来。”

“嗯，这件事看起来很明显。你能解释为什么那张当票会在你的口袋里吗？”

“不能，先生，这也让我感到困惑。”

“毫无疑问这是简单的事。好了，你想回来工作吗？”

“不了，先生，我不想了。我现在在一家不动产公司，我想我在那里有更多机会。”

“你是怎么找到这份工作的？”

“是五十六大街梅森太太推荐的。她对我一直很好。雇用我的那位先生是她的弟弟。”

“我很遗憾失去了你，安迪，但我希望你能首先为自己的利益考虑。至于约翰·格兰戴尔，我会立即解雇他。我不会让他阴谋得逞的。你今天晚上能留下来吗？”

“不，先生。我要帮梅森太太的儿子罗伊复习拉丁文。她为此每星期付给我5美元。”

“看来你现在收入不错啊！”

“是的，先生，我很幸运。”

第二天，弗林特先生告诉西蒙·李奇他已经知道了安迪的事情。然后他告诉约翰·格兰戴尔。

“去当手表的人是你，约翰。”他说，“而且是你的舅舅指使的。”

“不，先生。”约翰说，“如果安迪·格兰特这么告诉您，那么他一定是在撒谎。”

“问题很简单。我们可以一起去当铺查证一下。”

约翰结结巴巴地支吾了一下，最后只好全部承认。

“当然，在经过这件事情之后，我也不能把你留在这里。至于你，李奇先生，你可以在这里留到月底。我想我有必要进行一下调整。”

两个阴谋家就这样很快地受到了惩罚。西蒙·李奇后悔自己不应该伤害安迪·格兰特。他的恶意最后反而让自己受到了伤害。

第 9 章

安迪做出一笔投资

安迪给华特·盖尔写了封信（读者想必还记得，盖尔先生现在正在宾夕法尼亚州陪伴自己的叔叔），向他描述这里发生的事情。他很快收到了回信：

听到西蒙·李奇对你的阴谋，我感到非常气愤，但我很高兴这件事情最终成了一件好事。我希望你会觉得新工作比珠宝

行业更加有趣。如果你打算自己做珠宝行业，恐怕需要一大笔资金。而在不动产行业，相较之下，良好的判断力和人际关系比资金更加重要。我跟克劳福德先生不熟，但我听说过他是个精力旺盛、颇受尊敬的商人。如果你觉得收入不够，你只要告诉我就可以了。我随时可以帮你寄去50美元或者更多。至于我什么时候回去，一时也说不准，恐怕我还要很长时间。我叔叔好像因为我的陪伴而好转起来。他最多活不过一两年了，可是当我来到这里的时候，我以为他只能活几个月。如果我的到来能够让他感觉好一些，我会继续留在这里。

弗林特先生回来之后，他会妥善处理一切的。你可以等一等，因为你的收入比以前更多了。你说我不需要再继续为你支付房租了。可是我却打算继续这样做，而且我建议你每个星期到银行里存一笔钱。存钱是个好习惯，越早养成越好。

"我很幸运能有这么一位朋友。"安迪看信时想着，"我会尽量让自己配得上这么好的运气。"

六个月过去了，安迪在不动产行业结交了很多朋友。他的判断力也让克劳福德感到大为吃惊。"你看起来很像是个年轻人，而不是一个孩子。"他说，"我不大确定，但如果我不在的时候，我想我可以把工作交给你。"

克劳福德的表扬让安迪感到高兴。他的薪资也被提高到每星期7美元，他把这看成是一种比较实际的表扬。

这天晚上，从五十六大街要回家的时候，他拐到了第五大道旅馆，在那里的读书室里坐下来休息。另外两个人正坐在旁边，所以安迪无法不听到他们的谈话。

“我在塔库玛有一块不错的地，”其中一个说，“我两年前买的，当时我正在从加利福尼亚回来的路上。如果有买家，我想把它卖了。”

“如果北太平洋铁路修建完成，你那块地会变得很值钱。”另外一个回答。

“是啊！问题是如果那条铁路无法完成呢？我想那可能要很长时间的。”

“我不这么认为。如果我有钱，我会买下那块地，可是目前我没有钱。你花了多少钱买那块地？”

“1000美元。”

“你可以通过不动产代理来出售啊！”

“他们对西部的地产知道的不多。我不知道该请哪家。”

安迪觉得这是为自己公司争取业务的好机会。

“先生们，”他说，“打扰一下，我正好在不动产公司工作，我想您或许可以考虑一下我们公司。”

他一边说着，一边递给了这位塔库玛地产所有者一张克劳福德公司的名片。

“啊，克劳福德！”他的朋友重复道，“这是家声誉很好的公司。你最好接受这位年轻人的建议。”

安迪·格兰特在名片上写下自己的名字。

“对于不动产代理来说，你可真是年轻，格兰特先生。”

安迪笑了笑。“我只是个下属。”他说道。

“你老板以前处理过西部地产吗？”布里斯托先生问道。

“没有，不过我听他说过，他很感兴趣。”

“那么我明天上午去你办公室吧。”

第二天早上，安迪告诉克劳福德先生自己安排的这个约会。

“我很高兴见见你的这位朋友，安迪。”克劳福德先生说，“我有一位华盛顿的朋友建议我，西部铁路很快就会完成。这块地值得买。你有钱吗？”

“我在银行里有100美元存款。”安迪回答。

“我可以让你买下四分之一，你可以给我写张借条，你无法支付的部分由我先垫。我肯定我们会在短时间里赚到一大笔钱，我想让你分到一些，因为是你帮我介绍这笔生意的。”

“谢谢您，先生。我很高兴能够分享这笔投资。”

大约11点钟的时候，詹姆士·布里斯托（他原来是新泽西州纽沃克人）来到办公室，安迪把他介绍给克劳福德先生。

“安迪告诉我您的生意了，”不动产代理人说，“您在塔库玛有些地产。”

“是的！两年前有人劝我投资买了块地。现在我需要钱。你可以帮我找到客户吗？”

“你需要什么价钱？”

“1000美金——跟我当初付的价格一样。”

“它在什么地点？”

“如果那座小镇能够被看成是小镇，那块地就在镇上的商务区。”

“那小镇一共有多少个街区？”

“跟一般城镇一样，25个小区。”

“我想我们可以帮你卖掉这块地。我会把其中的一部分留给自己，另外一部分留给一位朋友。”

“你能付给我现金吗？”

“是的。我马上就可以给你支票。”

布里斯托先生叹了一口气。“我不介意告诉您，”他说，“我真的很想保留那块地。可是我必须在三天之内付给一位朋友500美元，而且我又不知道该怎样才能筹到这笔钱。”

“那么这笔交易会让双方都满意。”克劳福德先生说道。

当客户离开办公室后，克劳福德对安迪说："我们现在在西部有了一块土地啦！我写张借条，你在上面签个字，证明你欠我150美元，然后你把银行里的存款给我。我觉得利息应该是百分之六。"

"我很乐意支付您利息，先生。"安迪想到自己刚刚做了一笔数年后会给自己带来可观回报的投资，他就感到非常满意。他开始了解投资增长比例以及西部的发展情况，他决定以后要非常节俭，这样他就可以尽快还清欠克劳福德先生的钱。

虽然安迪平时都穿得很整齐，可是某些方面总是让自己的邻居山姆·培金斯不满意。

"我觉得像你这么有钱的人应该更加注意自己的领带。"山姆说道。

"我的领带怎么了，山姆？它们不整齐吗？"

"喔，不，但是它们实在太普通了，就像是个教徒一样。为什么不给自己买条更好看的领带呢？比如说像我这样的。"

安迪注意到自己的朋友系着一条漂亮的领带，他笑了笑。"我不喜欢穿得那么漂亮。"他说道。

"戴着你那条领带，你永远也不会吸引女孩子的注意。我上个星期天下午从第五大道经过的时候，至少有20个女孩子羡慕地看着我的领带。"

"这会让我不好意思的，山姆。"

“我帮你拿条像我这样的吧！按照批发价卖给你。”

“不，我想还是不要。可能不适合我。我不想被人看成是花花公子。”

“我不介意，下个星期我会去买双皮鞋。它们很便宜，所以我就不用花钱请人擦鞋了。”

星期六的下午，当安迪穿过布里克西区一条静静的大街的时候，他的注意力突然被一个大约11岁的男孩吸引住了，那孩子正在那里悄悄地哭着。他不记得自己以前是否见过这个孩子，不过他觉得对方的表情很熟悉。

安迪是个善良的孩子，这孩子的样子打动了他。他走上前去，把手放在孩子的肩膀上。“怎么了？”他问道。

“我去面包店帮妈妈买面包，面包师傅告诉我那25美分是假的。”

“让我看看。”

硬币的表面看起来很油腻。毫无疑问，这是枚假钱。

“是的，这是假的。”安迪说，“你妈妈很穷吗？”

“很穷。”男孩回答：“这25美分是她所有的财产，现在我们连晚餐都没有了。”

“‘我们’？什么意思？”

“我跟我的弟弟。”

安迪给了这孩子一枚硬币，但发现对方想要的不止这些。

“你住在这附近吗？”他问道。

“是的，先生，就住在马路对面。”

“我跟你一起去面包店吧！然后跟你一起去看望你妈妈。说不定我还能帮她呢！”

孩子放心地拉着安迪的手，两人一起走进附近的面包店。

“现在可以买了。”安迪对那孩子说道。

“如果你还是给我那枚假钱的话，我是不会接受的。”面包师傅严厉地说道。

“我来付账。”安迪平静地说道。

“那好。那孩子给我假的25分硬币。我必须小心，我已经收了不少假钱。”

安迪拿出了一枚真的银币，面包师傅把面包和找的零钱递给了男孩。

男孩看起来非常犹豫。“这是您的。”他对安迪说道。

“不，我刚才跟你交换了。我留着那枚假钱。”他又看了看这个孩子，发现孩子的脸孔非常熟悉，这让他感到迷惑。

“你叫什么名字？”他问道。

“本·卡特。”

卡特！这下清楚了。那孩子像康拉德·卡特，只是他看起来要更加讨人喜欢。“你有个叔叔叫菲尔蒙吗？”他问道。

“您怎么知道的？”男孩吃惊地问道。

“因为你长得像康拉德·卡特。”

“他是我堂哥。”

“你们很穷吗？但是你的叔叔可是很有钱啊！”

“是的。我知道他很有钱，但是他不会为我或我的妈妈做任何事情的。”

安迪现在更想见到男孩的家人了。“我认识你的叔叔，”他说，“你觉得他知道你们很穷吗？”

“是的，因为妈妈写过信给他。”说着说着，他们来到了那个被本称为“家”的地方。

“你先上楼，我跟着你。”安迪说道。

他们上了二楼，那孩子打开了楼梯尽头的一扇门。房间里有个快40岁的妇女。她脸上尽是忧伤的表情。在她的膝盖旁边，坐着一个大约5岁的小男孩。她用一种询问的目光打量着安迪。

“妈妈。”本说，“这是面包。那25美分是枚假钱，要不是这个孩子又给了我25美分的话，我本来买不到面包的。”

“这位年轻的先生。”母亲纠正道。

“不，卡特太太，我喜欢别人称我孩子。我之所以跟本一起过来，是因为我发现这件事情跟亚顿的卡特乡绅有关系，我跟他很熟。”

“你认识菲尔蒙·卡特？”

“是的，他住在亚顿。那是我出生的地方。”

卡特太太的表情开始变得沉重起来。“菲尔蒙·卡特是我丈夫的哥哥，”她说，“可是我们之间并没有任何友谊。”

“他很有钱啊！”

“我们很穷。我知道你想知道这到底是为什么。当我丈夫的父亲去世的时候，菲尔蒙是遗产执行人。遗嘱上写着父亲留下了25000美元遗产。但是我那可怜的丈夫最终却只得到1000美元。我这么说可能有些不够厚道，可是我一直觉得菲尔蒙欺骗了我们。”

“这丝毫不让人感到奇怪。我一向都不喜欢卡特乡绅。我觉得他是个非常自私的家伙。”

“他对我们确实表现得很自私。”

“他知道你们很穷吗？”

“是的。就在两个星期前，实在没有办法了，我写了封信向他求救。这是他的回信。”

她把信递给安迪。安迪立刻认出亚顿那位大人物的笔迹。

“我可以看看吗？”他问道。

“是的，看吧！告诉我你是怎么想的。”

信的内容如下：

索菲亚：

我收到你的来信，你居然指望我来帮助你们，这真让我感到吃惊。你是我弟弟的遗孀，这是事实，可是你的贫穷并不是我的错。我弟弟总是不知节俭，总是不切实际，好运永远不会光顾这样的人。但无论如何，他都应该让自己的生活有保障，并给你们提供舒适的生活。你不能指望我来弥补他的过失。你说你有两个孩子，一个已经11岁了。他绝对可以去卖报纸或者是出去工作了。

至于我自己，我也不是个有钱人，可是我总是小心翼翼地应付自己的开销，并为未来做好准备。我也有个儿子，名叫康拉德，我想我有义务教育好他，让他的生活有个好的开始。我给你们寄去的每一分钱都是从他那里拿走的。如果你需要一些临时的帮助，我建议你向一些慈善团体发出申请。那比给我写这样的恳求信要有用得多。

你真诚的菲尔蒙·卡特

“这真是一封冷血的信，”安迪气愤地说，“他至少应该附上5美元的支票。”

“他什么也没给。我再也不会向他求救了。”

“菲尔蒙·卡特被认为是亚顿最有钱的人之一。他每年交的税就有25000美元，甚至可能是5万美元。大家都想知道他从哪里弄来这么多钱。”

“毫无疑问，有一部分是我丈夫不动产的收入。”

“你对此真的无能为力吗？”

“我能怎么办？我这么穷，又没有有势力的朋友。他什么都不承认。”

“我来想想看，卡特太太。我认识城里的一位律师，他或许能够帮助你。你现在有什么工作可以做吗？”

“结婚之前，我曾经做过一段时间的打字员。”

“我看看是否能够帮你找到一份打字员的工作。我刚才谈到的那位律师可能会需要一位办事员。”

“我很愿意做这份工作。”

“本能赚钱吗？在他这种年纪，应该去上学的。”

“他现在卖报纸赚点钱。如果我能找到工作，我就会送他去上学。”

“卡特太太，你愿意接受我的帮助吗？”安迪从口袋里掏出一张5美元的钞票，把它递给了卡特太太。

“可是，”她说，“这可是一个大数目啊！你只是个孩子，说不定你自己赚的也不多呢！”

“我确实是个孩子，可是我赚的还算不少。而且我还有些好朋友，如果缺钱的话，我还可以向他们寻求帮助。”

“上帝保佑你！”卡特太太激动地说，“你不知道这些钱对我会有多大帮助。今天早晨我还垂头丧气呢！我觉得上帝要抛弃我了。可是我错了。他给我带来了一位好朋友……”

“我希望能够多帮你一些。但是现在我必须走了，我会记得这件事情，我希望能给你带来好消息。我会记下你的地址，我很快就会再来看你。可以给你一个建议吗？”

“当然。”

“出去买些肉，这些干面包不够。别怕花掉我给你的这些钱。我很快就会多给你一些的。”

当安迪离开卡特太太的破房子的时候，他更加深刻地感受到乡绅卡特的冷漠和自私，他自己过着奢侈的生活，却让自己弟弟的家人忍受着贫穷。

安迪告诉克劳福德先生他刚才的经历，以及他为这家人所做的一切。

“你一定得让我把这笔钱给你，安迪。”他老板说，“对于一个孩子来说，5美元不是个小数目。”

“别忘了我能赚双份钱呢，克劳福德先生。我更愿意自己出

这笔钱。如果您想再给她5美元，她会很感激您的。”

“那我给10美元吧！你愿意把它转交给卡特太太吗？”

“我很乐意，克劳福德先生。您不知道这会给那家人带来多大的快乐。”

“我很高兴你能告诉我他们的需要。如果我还能做任何事情来帮助他们……”

“您知道有谁需要打字员吗？”

“那孩子能打字吗？”

“不，他妈妈结婚之前，曾在律师事务所工作过。”

“这可真是太巧了。我有一个大学同学，在哥伦比亚大学的同班同学，加德纳先生，他的打字员因为要结婚，所以刚刚辞职……”

“我可以去他的办公室吗？帮卡特太太申请这份工作？”

“可以，他办公室就在拿骚街。”

安迪拿起帽子，朝律师的办公室走去。办公室坐落在拿骚大街132号的万德比特大厦。他坐电梯上楼，发现加德纳先生正在自己的办公室里。

“我是从克劳福德先生那里来的，”安迪说，“听说您需要一名打字员。”

“你是打字员吗？”

“不。我是替一位女士申请这份工作。”然后他向对方说明整个情况。

“你说她以前曾经在一家律师事务所做过？”

“是的，先生。”

“那她就更适合了。她什么时候能来？”

“明天早上任何时候都行。”

加德纳律师是个看起来很讨人喜欢的中年人，安迪觉得他一定是个善良又体贴的老板。

下班之后，安迪要去教课之前，他又来到了卡特太太的家里。看到安迪走进来，寡妇顿时眼睛为之一亮。

“你是我的好朋友，”她说，“欢迎你。”

“我的老板，克劳福德先生，要我把这个给你。”安迪拿出了钞票。

“这是上帝送来的。我可以用它来付房租，星期六就到期了，我还可以剩下3美元呢！”

“还有，我在一家律师事务所帮你找了份打字员的工作。您必须明天上午10点之前赶到办公室。地址是拿骚大街132号，加德纳先生的办公室。”

“我简直不敢相信我会有这么好的运气。我会去的。”卡特太太激动地说，“我可以请我的邻居派克太太照顾他们。你这个

年轻人可真是太善良了！”她感激地说道。

“不是年轻人——是孩子。”安迪笑着纠正道。

“你不留下来喝杯茶吗？”

“谢谢你，卡特太太，我晚上还有事。哦，差点忘记告诉你，加德纳先生每星期付你10美元。”

“那我可有钱了。我不用再担心挨饿了。”

“如果有时间的话，你还可以向加德纳先生咨询一下卡特先生扣留你不动产的事。他也许可以给你提些建议。”

想到自己能够帮忙这个贫穷的家庭，为他们带来幸福，安迪就感到内心充满一股暖流。他已经学会有些人永远也学不来的——世界上再也没有比帮助别人更快乐的事情了。如果大家都能理解这一点，我们的世界将会变得更加美好。

第二天，安迪收到他的好朋友瓦伦丁·伯恩斯的一封信。他急切地打开信，因为信里是关于他的家乡的消息，虽然安迪已经取得了一些成功，可是他并没有忘记亚顿和他在那里的朋友们。信上的内容如下：

亲爱的安迪：

好久不见！你知道，我们是最亲密的朋友，当然，我很怀念你。康拉德似乎想跟我成为好朋友，因为我爸爸碰巧也是有钱人，可是我觉得康拉德是个很势利的家伙，我不大喜欢他。我们昨天见面的时候，他问起我你的情况。

“你的朋友，安迪·格兰特，在城里怎么样啊？”

“他在一家不动产公司里。我回答说。”

“哦！他赚多少钱啊？”

“5美元。”

“他赚不到这么多，而且那些钱也不够他用的啊！”

我不想告诉他你还有其他收入。于是就说：“你觉得你可以靠这些钱生活吗？”

“一星期10美元是不够我用的。”康拉德得意地说，“不过，我可不习惯像安迪·格兰特那样生活。”

我想，当你知道康拉德如此关心你的情况的时候，你一定很开心。

有时候我会去看望一下你的父亲。他看起来很操心。我想他正在为自己目前的情况担心。我很遗憾地告诉你，就在上个星期，他最好的乳牛因为生病死掉了。我听说他相信那头乳牛至少值50美元。我希望你不要因为这件事担心。有时运气会转的。我前天见到你妈妈。她很高兴你能取得成功，当然，她也很想你。因为知道我们是好朋友，所以她总是对我很好。

真想见到你，安迪。你不知道我有多想你。村子里的很多

孩子我都很喜欢，可是从来没有一个人像你那样亲近。

好了，安迪，我必须结束了。有时间尽快回亚顿吧！我们都很想见你，我想即使是康拉德也会想见你的，因为那样他就有机会好好了解你的情况了。

你诚挚的朋友瓦伦丁·伯恩斯

“这么说爸爸损失了他最好的乳牛——老韦蒂，”安迪若有所思地说，“如果我不是因为买了塔库玛的那块地而欠了克劳福德先生一笔钱，我想我可以帮他再买一头乳牛。”

希望读者没有忘记安迪的那位邻居——拜伦·华伦。华伦先生还是经常给《世纪》或是其他主流杂志写些东西，只是从来没有发表过。看来杂志的编辑是在联合跟他作对。

这天晚上，当安迪从办公室回到家里的时候，他发现华伦先生显得神采奕奕。

“你看起来很开心啊，华伦先生。”他说道。

“是的。”作家回答道。他递给安迪一份八页的《每周要闻》，指出第二页上的两栏故事。故事的标题下面，安迪看到“拜伦·华伦著”的字样。文章的名字叫《魔术师的魔力：阳光西班牙的故事》。

“恭喜你，”安迪说，“你什么时候写的这个故事？”

“去年冬天。”

“为什么这么晚才发表呢？”

“喔，我首先给《斯科里普纳》投稿，然后是《哈泼》，再后来是《亚特兰大》，可是它们好像都不喜欢，最后才投给《每周要闻》。”

“我希望他们付给你稿费了。”

“是的，”华伦先生骄傲地说，“他们给了我1美元50美分。”

“这不是太少了吗？”

“是很少，可是这家报社很穷。编辑写信告诉我说，等到他们报社有钱了，这样的文章他愿意付10美元。”

“我想你还会再写，你肯定觉得受到了巨大的鼓舞。”

“我今天一直在写另一个故事。我明天就把它寄出去。”

“我希望《每周要闻》会因为你而发达。”

“谢谢你，我也希望如此。啊，安迪，你不知道看到自己的文章变成铅字是多么令人兴奋！”作家说道。

“恐怕我永远也看不到，华伦先生。我可不想当作家。”

“哦，我想你也可以试着写点东西。”华伦先生一副庇护者的口吻。

“不，我还是把文学领域留给你吧！”

第 10 章

安迪得到一笔佣金

克劳福德先生正在办公室里忙碌着，突然一位50岁的绅士走了进来。

“我希望您现在有时间，克劳福德先生。”他说道。

“可是我没时间，格雷林先生。我今天特别忙。”

“我想请您带我去看看您前几天跟我说过的弗尔蒙山上的那栋房子。因为孩子的原因，我妻子想从城里搬走。”

“明天不行吗？”

“明天我很忙。今天天气不错，所以我才有时间。您不能去吗？”

“不，格雷林先生，我现在不可能离开办公室。”

“你可以派个人带我去吗？”

克劳福德先生犹豫了一下。他的眼睛落到了安迪身上，他突然有个想法。“我派这个年轻人去吧！”他说道。

格雷林先生笑了。“他看起来很年轻。”他说道。

“是的，”克劳福德先生微笑着回答，“他距离40岁还差几年。”

“如果您觉得他可以的话，我倒是很乐意他陪我去。”

“等5分钟，我要给他一些必要的指示。”

“你去过弗尔蒙山吗，安迪？”他的老板说道。

“是的，先生。我有个朋友住在那里，我曾经在那里度过星期天。”

“格雷林先生想买那里的一栋房子。我想请你负责他这笔生意。我会告诉你一些你需要提醒他注意的要点。”

安迪很高兴能够接到这项任务。看起来他又往前迈进了一步。“谢谢您，克劳福德先生，谢谢您对我的信任。”

“如果你能成功地把这栋房子卖给格雷林先生，我会给你百

分之一的佣金。”

“我会尽力的，先生。我没有任何要求。”

安迪和这位未来的买家在中央车站坐上车，40分钟后，他们到达了弗尔蒙山。

最让安迪感到高兴的是，在弗尔蒙山他居然碰到了自己的朋友——汤姆·布莱克。

“你怎么到这里来了，安迪？”汤姆惊讶地问道。

“我带这位先生来看看格里非斯的房子。你能告诉我该怎么走吗？”

“我带你去吧！”

“谢谢你，汤姆。你可帮了大忙。那地方远吗？”

“半英里多一点。”

“我们是走路去还是坐车去，格雷林先生？”

“走路吧！今天天气很好，走路对我有好处。”

他们走到了房子前面。这是个条件良好的乡村住所，格雷林先生觉得很好。他们拿了钥匙，然后就走了进去。这房子果然内外一致。房间都很好，装修得也不错。一共有12个房间，还有一个大小合适的浴间。

“不知道下水管道状况如何？”格雷林先生说道。

“我尽量试试吧！”安迪说道。

“对于你这种年龄的人来说，你好像经验很丰富。”

“不，先生，我的经验并不十分丰富，但我仔细研究过这个问题。克劳福德先生有一个很棒的建筑学图书馆，我在那里借了不少书。”

经过仔细检查后，安迪确定管道没什么问题。“当然，”他说，“如果我的判断错误，我们会负责维修。”

“那就好。这房子卖什么价格？”

“8000美元。”

格雷林先生简单地考虑了一下，然后说：“这听起来很合理。我买下了。你们什么时候能交屋？”

“一星期。”

“很好！这笔交易就这样完成了，我们可以坐下一班火车回城。”

“你愿意写份协定书，证明你有意买下这栋房子吗？”

“好的。我们可以在文具店前停一下，我马上写给你。”

当安迪重新回到克劳福德先生办公室的时候，这位不动产代理商问道：“格雷林先生觉得那房子怎么样？”

“他已经买下了。8000美元。”

“太好了！需要的话，我可以把价格降低200美元。”

“他没有提出降价。”

“我希望他不会改变主意。”

“他不会的，这是他写的协定书。”

“棒极了！是他提出这份担保的吗？”

“没有，先生。是我要求他这么做的。”

“安迪，你做得好极了。我会遵守我的诺言，给你80美元的佣金。”

“好极了。我很少能在一天之内赚到80美元。”

在克劳福德先生的要求下，安迪详细说明了这次交易的过程，他立刻写了80美元的支票，把它交到安迪手上。

“现在我知道你的能力，”他说，“我还会继续再派你出去的。”

“说不定您会觉得我的服务太昂贵呢！”

“不。除了正常的收益之外，我还能多得100美元——因为我卖出了8000美元的价格。”

安迪兑换了支票，然后把钱存到银行里。他没有先偿还购买塔库玛那块地欠下克劳福德先生的债务，因为他觉得自己很可能会用到这笔钱。结果证明他是对的。

三个星期后，他接到了父亲写来的一封信。斯德林·格兰特先生是位农民，他很少写信，所以安迪知道，父亲之所以会在这个时候写信，一定有特殊的原因。信上写道：

亲爱的安迪：

我遇到麻烦了，下星期二我必须要偿还卡特乡绅的3000美元贷款的利息，而我现在只有20美元。今年的农作物收成普通，我也失去了我最好的乳牛，现在似乎一切都不顺利。我想卖掉10吨干草，可是我只有7吨可卖。单这一项，就使我的收入减少了60美元。

我昨天去见乡绅，告诉他现在的处境。我问他是否能够先收20美元，其他的部分稍等些时间。他立刻表示拒绝。

“我很同情你的遭遇，格兰特先生，”他说，“可是这并不是因为我的原因。我借给你的3000美元是一笔严格意义上的投资。如果你不能及时支付利息，我肯定不会借给你的。你必须支付利息，否则的话，你要承担一切后果。”

我尽量借钱，但截至目前为止，我还是没凑到足够的钱。我可能要卖掉两头乳牛，这让我感到难过，你知道，我的绝大部分收入来自牛奶和奶油。这让我感到非常难过。

我不知道为什么要写信给你，你赚的钱并不多，所以你未必能够帮助我。如果你能够拿出10美元或15美元，那将对我有很大帮助。如果你的朋友盖尔先生能够给一点钱，那么我只要卖一头乳牛就可以了。

请告诉我你能做些什么，那样我也好进行规划。你妈妈跟平时一样，当然，她现在也有些担心。我们都爱你。

你亲爱的父亲斯德林·格兰特

当安迪看到这封信的时候，突然感到一阵喜悦，因为他现在就有能力帮助自己的父亲走出忧虑。加上最近他刚刚从克劳福德先生那里得到的那笔佣金，他现在在银行里一共存了150美元。他立刻从里面领出80美元，并向克劳福德先生解释了他这样做的原因，然后请假回家。

“当然，安迪。”不动产的代理商说，“需要我借给你一些钱吗？”

“不，先生。我的钱够了。”

由于第二天才能离开，所以他立刻给父亲发了封电报：

别着急，我明天就能到家。安迪

当安迪踏上亚顿火车站月台的时候，他往周围看了看，想看看是否能找到自己的朋友。让他感到高兴的是，他看到瓦伦丁·伯恩斯正陪着一位阿姨走上车厢。

“你从哪儿来啊，安迪？”他吃惊地问道。

“从城里，我要在家过星期天。”

“好啊！我很高兴见到你。”

“我也是。你是我最好的朋友——除了康拉德。”

瓦伦丁笑了。

“当然，没有人像他离我那么近了。有什么新闻吗？”

“我知道的唯一新闻来自康拉德，我希望那不是真的。”

“他说什么了？”

“他说你父亲无法支付抵押的利息，所以乡绅卡特很可能会牵走你们家最好的两头乳牛，以此抵账。”

“看来他真是我们家的好朋友，对吧？”安迪平静地说。

“这不是真的吧？”

“我爸爸确实没有足够的钱来支付利息。”

“那该怎么办？”

“你忘了他现在有个有钱的儿子了吗？”安迪笑着说道。

“你能帮他吗？”

“这就是我回来的目的啊！”

“我很高兴听到这个消息，”瓦伦丁松了一口气，“即使我不喜欢你家里人，我也不愿意看到康拉德战胜你的样子。”

“今天晚上来我家吧，瓦伦丁，我们有很多话要说。”

当安迪走进家门的时候，他受到母亲的热烈欢迎，不善于表

达的父亲也紧紧地握住他的手。可是安迪很清楚地看到他们脸上都有一种深深的焦虑。

“很高兴见到你，安迪，”斯德林·格兰特说，“但我希望你能在我们更高兴的时候回来。我们现在有大麻烦。”

“我就是来帮您解决麻烦的。”

“你能吗？”这位农夫吃惊地问道。

“是的，爸爸。您有多少钱？而利息的总数是……”

“我只有20美元，却必须支付90美元。”

“我可以再给您70美元。”

“你从哪里弄来的钱？借的吗？”

“不是，是我自己的钱，我以后再跟您解释。我很饿，妈妈帮我准备午餐的时候，我们可以谈谈其他事情。”

“这可好了，安迪。我去告诉乡绅我可以还他利息了。”

“不要，爸爸。我们先让他以为我们付不了利息，看看他究竟想做什么。先不要透露半个字。”

“我会按照你说的做，安迪，虽然我也不知道你的目的是什么。你喜欢纽约的工作吗？”

“是的，我学得很快，对未来充满信心。克劳福德先生是一个很出色的人，他很喜欢我。”

“这就好，毕竟情况正在好转。今天早晨起床的时候，我还觉得垂头丧气呢！”

同时，格兰特太太正在为自己的儿子准备可口的午餐。她知道安迪喜欢吃什么。当午餐端到桌子上的时候，他立刻大加赞赏。

“比我在城里吃的任何东西都好吃，妈妈。”他说道。

“我不相信我们的家常便饭会比城里的东西好吃。”

“它们没有您做的好吃，”安迪说，“我只担心别因为自己吃太多而生病呢！”

格兰特太太很高兴看到安迪还是很喜欢吃自己做的饭。

“你长大了，安迪！”她说，“工作辛苦吗？”

“我喜欢努力工作，妈妈。而且我不会伤害自己的。”安迪接着对爸爸说，“我希望乡绅卡特来要利息的时候，我能在这里。”

“他晚上过来。你会见到他的。”斯德林·格兰特说。

“那我一定要待在家里。”

就在这个时候，在卡特乡绅的家里，父亲和儿子正在进行一场激烈的讨论。康拉德有个新想法。他一直想要安迪的船，我们知道，那艘船比他自己原来的那艘要好许多。他觉得这是一个得到那艘船的好机会。

“爸爸，”他说，“您能帮我一个忙吗？”

“什么忙？”父亲怀疑地问道。

“您知道我现在没有船。为什么不让格兰特先生用安迪的那艘船来支付部分利息呢？”

“我要那艘船干吗？”乡绅不耐烦地问道。

“爸爸，您可以做一笔很好的交易。我听说那艘船价值75美元。您可以让农夫把那艘船抵20美元，然后再把它卖40美元现金。”

“这个我倒不知道。”乡绅卡特的口气并不十分确定。他喜欢讨价还价，但他知道康拉德为什么会提出这个建议。

“格兰特先生或许觉得自己没有权利卖这艘船。”他说。

“安迪会让他卖的。他很会为自己的家人着想。”

“我考虑一下。但是我还是想牵走他的两头乳牛。”

“可以下次牵。说不定他六个月后还是没钱付利息呢！”

“我考虑一下吧！”

“还有，卖船获利要比卖乳牛获利的机会大很多。”

“好了，康拉德，如同我说的那样，我会考虑这件事情的。我晚上要去格兰特那里，我会跟他提这件事情。”

那天晚一点的时候，康拉德见到了吉米·莫里斯。

“你听说了吗，康拉德？”吉米问道，“安迪·格兰特现在在亚顿，他今天早晨从城里回来了。”

“我很乐意听到这件事情。”

“为什么？你跟安迪是很好的朋友吗？”

“这不是因为友谊，是关于生意的事情。”

“什么生意？”

“我不能告诉你，但你很快就会听说的。”

康拉德希望见到安迪，跟他提买船的事情。根据他对这位农民儿子的了解，虽然他很喜欢那艘船，但他肯定会愿意为了父亲而牺牲它。想到这里，他忍不住对安迪肃然起敬，因为如果处于类似的情况下，他肯定不会这么无私的。

大约7点半的时候，安迪向窗外望去，看见威严而高贵的卡特乡绅从房子前面的路上走过来。“乡绅来了，爸爸。”安迪说，“我希望您看起来心情很沉重的样子，就好像还没准备好支付利息一样。”

卡特乡绅已经从康拉德那里听说安迪已经回到村子里的消息。所以当他看到安迪的时候，他并没有显得很惊讶。他也去过河边看了安迪的船，他发现那是艘非常漂亮的船，毫无疑问，值得康拉德提到的那个数目。

“你回来了，安迪？”他说道。

“是的，卡特先生。我回来看看。”

“哦！对你父亲来说，你回来得真不是时候。他现在正倒霉

呢！一切似乎都不顺利。”

“我听说了，先生。”

“如果你能在农场帮忙，事情可能不会这样。”

“我希望留在城里也能帮他。”

“这不太可能。我不同意孩子离开家去工作。”

“我想我会成功的，先生。”

“哦！毫无疑问你是这么想的，孩子们通常没有太多的判断力。我想你知道，你父亲借的钱该付前六个月的利息了，但是他却没钱可付。”

“我听说了，卡特先生。”

“身为你父亲的朋友，我有个建议，或者能够让他不必这么为难。我很高兴能见到你，因为这件事情跟你有关。”

听到这些话，安迪感到有些吃惊。他猜不透卡特乡绅会跟他有什么事情要谈。

“首先，”乡绅说，“我可以问一下，格兰特先生，你能按照合约支付我利息吗？”

“我现在手上只有25美元，卡特先生。不过从现在到下星期二为止，事情或许会发生一些变化。”

“这很有可能。”乡绅讥讽地说道。

“你有什么建议吗？你愿意再等一个月吗？”

“不，先生。我不愿意。对我来说这太愚蠢了。你指望能在30天里发笔大财吗？”

“不是，先生。”

“我也这么觉得。不过我倒有个计划。我本来想跟你说你那两头最好的乳牛或许能值50美元。可是即使如此，你还是无法还清利息。我想你儿子有艘船。”

“是的。”安迪抬头说道，他终于明白乡绅的计划。

“我愿意花20美元买下它，因为我儿子很喜欢它，而他自己的船又被那个流浪汉给烧毁了。这艘船，加上两头乳牛，再加上你能够用现金支付的20美元……足够支付利息了。”

“卡特先生，我的乳牛品种优良，单单一头就价值50美元。要是你不相信的话，你可以去别处问问。没有乳牛我该怎么办呢？我靠它们的奶油和牛奶来换现金呢！”

“这是你的问题。”乡绅耸了耸肩膀说着。

“你好像并没有为我考虑太多。”

“生意归生意，格兰特先生。你欠我90美元。如果你不能用这种方式支付，就必须考虑其他方式。”

“我想插句话，卡特先生，”安迪说，“您只愿意出20美元买下盖尔先生花了75美元送我的那艘船。”

“我相信可能是他把价格说高了。”

“他亲口告诉我的。盖尔先生不会欺骗我的。”

“随你便。现在那艘船可是二手货了，无法跟新船的价格比较。”乡绅坚持说道。

“可是20美元跟75美元之间的差距也太大了。”

“是的，我可以抬高价格，比如说25美元，因为康拉德很想要那艘船。要是那样的话，那多出的5美元可以归你。”

“我想我还是不能同意，卡特先生。”

“你想让你可怜的父亲陷入困境之中吗？我觉得你应该表现得更好一些。”

卡特乡绅发现安迪和他的父亲居然如此冷静，这让他感到有些吃惊。他觉得他们应该感到难过，应该恳求自己才对。

“卡特先生，您不觉得您提的条件有些过于苛刻了吗？您出的价格也太低了。”

“如果能在其他地方卖得高价，你绝对可以这样做。”乡绅漠不关心地说道。他觉得眼前的这对父子已经完全在自己的掌握之中，他们最终会接受自己的条件。

“我想我们根本不会卖掉船和乳牛。”安迪冷静地说道。

“什么！”乡绅生气地大叫道，“不卖？难道你觉得我会让你们就这样不付利息吗？”

“我们会付给您利息的。”

“怎么付？你从哪里弄钱？”

“我会给爸爸他需要的钱。”

“你说起话来简直像个傻瓜！”乡绅严厉地说，“你以为我会被一个孩子耍了吗？”

“不是，先生，请您相信我的话。”

“你从盖尔先生那里借来的钱吗？”

“我已经有几个月没见过盖尔先生了。他不知道我爸爸有经济困难。如果他知道的话，我想他一定会来帮我。至于那艘船，我觉得它不只是一艘船，因为那是盖尔先生送给我的。康拉德不可能得到它。”

卡特乡绅被激怒了。而且他也不相信安迪能够为他父亲提供他所需要的钱。

“我可不是好骗的，安迪·格兰特。”他说，“看来我继续留在这儿也没什么用了。我只能说，如果下周二再不付利息，你父亲就必须承担后果。”

“如果您能给他一张收据，他现在就可以付——在到期之前。”

“什……什么！”乡绅惊讶地大叫道。

“我说话算数。爸爸，您能帮卡特先生拿些写字的工具，请他开张收据吗？”

“这……就这样吗？你真的能现在就付利息吗？”

“是的，先生。您不用担心。当我爸爸告诉我他不能付您利息的时候，我就准备好了钱，现在就可以给您。”

卡特乡绅半信半疑地写完了收据，然后接过一沓钞票。他仔细地数了数，然后把它们放到自己的口袋里。

“没错。”他生硬地说，“我很高兴你能付钱。”

“多亏了安迪。”父亲感激地看着儿子说道。

“到目前为止一切都还好。如果你儿子是向别人借的钱，那他还是要还给别人的。”

“我不是借来的，卡特先生。”

“你是说你是从自己的薪资里省下来的吗？”

“我从老板那里赚来的。”

卡特乡绅满脸不高兴地离开了。虽然收到了利息，但是他本来的目的却是希望能够趁火打劫，从格兰特那里拿走一些比利息更值钱的东西。从这个角度来说，他显然大失所望。

“六个月后，另外一笔利息就会到期。”他安慰着自己，“这次算格兰特先生幸运，可是他不会总是这么幸运。而且等到抵押到期的时候，那孩子就没有办法了。”

当乡绅回到家里的时候，他发现康拉德正在等着见他。

“爸爸，”他说，“我得到那艘船了吗？”

“没有。”他父亲说道。

“为什么没有？您说您会帮我弄到那艘船的。”

“他们不愿意卖。利息已经付了。”

康拉德惊讶地张大了眼睛。“他们从哪儿弄到钱的？”

“那孩子给的。”

“您一定是在开玩笑吧！安迪从哪儿弄到90美元啊？”

“他只给了70美元。至于钱从哪里来，你最好去问他。”

“我会的。真丢脸，我居然得不到那艘船。”

“他要价很高。”

“他要多少钱？”

“我不知道。如果他愿意以30美元卖给你，你可以买下它。”

“谢谢您，爸爸。那它等于是我的了。像安迪这样的孩子是不可能拒绝30美元的。”

“我不知道。他看起来是个很独立的孩子。”

康拉德立即动身去找安迪买船，当然，他没有成功。

“我还是想自己留着。”安迪回答，“或许现在用不到，但以后会有时间的。而且它是盖尔先生送给我的，我可不想把它卖给别人。不管怎么说，30美元是不会卖的。”

“没关系，康拉德。”他父亲说，“他们下次付利息的时候，安迪就会很高兴接受你的价格了。”

虽然这次在家的时间不长，不过安迪很开心。他去见了那些跟自己关系比较好的朋友，答应会帮其中的两个朋友在城里找工作。在家的时候，妈妈看着他也很开心。看到妈妈由他刚到家时的忧虑变为开心，他也感到很高兴。

星期一早上，他搭乘早上的火车去纽约的时候，感觉他这次回家真的非常成功。几个孩子到火车站给他送行，可是他没有看到康拉德·卡特。

第 11 章

一个意外的提议

三个月以后，当安迪早晨来到办公室的时候，他发现克劳福德先生心情很沉重。“我希望你年龄能再大一些，安迪。”他突然说道。

“怎么了，先生？”

“因为那样我就可以把这项任务交给你了。但是你现在还不能……不过我可以告诉你这件事，你自己看看怎么样。你今年多

大了？”

“17岁。是因为我太年轻，无法完成这项任务吗？”

“我可以解释一下。我跟北太平洋铁路的几位工程负责人关系不错，他们给我提供了一些可靠的建议，说那条铁路很快就会复工，而且可能会在一年之内完成。”

“我想这会提高我们在塔库玛的那块地的价格？”

“一点也没错。我的目标是在那边买下更多土地。”

“我想这是个好主意。”

“最合适的时间就是现在，当大家还不知道铁路会提前完工的时候。如果我现在能脱身，我会马上赶到那里。”

“我想这样做很值得，克劳福德先生。”

“但是我现在不可能离开。未来的两三个月里，我们会有几笔大生意。你觉得你能去塔库玛仔细考察一下那个地方，然后帮我买些地吗？”

“我想可以，先生，当然，您要给我一些指导。”

“当我说我希望你年龄能够再大一些的时候，我心里正有这个想法。”

“请您放心，我会严格按照您的指示做的。”

“这点我知道，而且我也绝对相信你的判断力。不管怎么说，我愿意冒这个险。今天星期几？”

“星期四。”

“你准备一下，星期一出发。怎么样？”

安迪为摆在面前的任务感到激动。他一直想去看看广阔的西部，可是他觉得恐怕要等很多年才有机会实现自己的愿望。那一直都是个梦想，只是突然之间，这个梦想就要实现了。

“我会写信给你，告诉你必要的建议和指示。”克劳福德先生接着说，“你这个星期不用来工作，这样你就可以做一些必要的准备。”

由于当时北太平洋铁路还没有完工，所以安迪必须先搭乘联合太平洋及中央太平洋铁路前往旧金山，然后转乘汽船抵达普济地区。

“你可以在旧金山待三天，”克劳福德先生体贴地说，“休息一下，顺便看看那座城市。”

星期一，安迪开始了自己漫长的旅程。在这之前，他给母亲写了一封简短的信，信上说道：

亲爱的妈妈：

我要去西部为克劳福德先生办些公事。我会在路上写信给您。您可以把这件事情告诉亚顿的人，可是我不想让人知道我这次会去多远。您可能觉得这趟旅程对我来说太漫长了，可是我一点也不害怕。这次任务很重要，不过也很简单，我希望能够成功完成它。

爱您的儿子安迪

事实上，格兰特太太并不是第一个听说安迪要出差的人。在火车站的时候，安迪碰巧遇见了康拉德·卡特，他到城里待一天。“你怎么在这里啊？”康拉德惊讶地问道。

“我要离开这座城市。”

“我想你是被解雇，要回家吧！”康拉德傲慢地说道。

“不，我是为老板出差。第一站是芝加哥。”

康拉德吓呆了。“直接去吗？”他问道。

“是的。”

“你为公司出差吗？克劳福德先生一定是个傻瓜。”

“为什么？”

“他居然派个什么都不知道的乡下孩子去芝加哥。”

安迪笑了笑说：“克劳福德先生的生意做得很成功，我想他不是个傻瓜。”

“那他一定是被你迷惑了。”

“如果是这样的话，那我可走运了。”

“你要去多久时间？”

“我也不清楚，要看完成这笔交易要用多久时间。”

“我希望我爸爸能让我去芝加哥。”康拉德嫉妒地说，“你是个穷孩子，可是你去过的地方居然比我还多。”

“你会有时间去的，康拉德。”

“你老板给你多少钱去出差啊？”

“我需要多少就领多少。”

“你会从芝加哥写信给我吗？我要是早点知道你要去就好了，那样我就可以要求爸爸让我跟你一起去了。”

安迪被康拉德的样子逗笑了。他知道康拉德对自己的态度并没有改变，康拉德确实是一个非常自私的家伙。即使如此，他还是答应有时间就写信给康拉德。

“我希望瓦伦丁能跟我一起去，”他想，“我可不喜欢和康拉德同行。”

大约就在火车到达芝加哥站前的两个小时，一个高个的男人从对面的座位站起来，坐到了安迪旁边。

“早安，”他开始说道，“我想你也跟我一样，会在芝加哥停留一下吧？”

“大约停留24个小时。”安迪回答。

“然后你还要去更远的地方吗？”

“是的，先生。”

“多远？”

“我不能告诉您确切的地方。”安迪谨慎地回答。

“你能帮我换一张10美元的零钱吗？我欠脚夫1美元。”

安迪从里面的口袋里拿出钱包，里面有各种币值的钞票，一共50美元。

“恐怕不能帮您了。”他说道，“两张5美元，行吗？”

“恐怕不行。”

“对不起。”安迪礼貌地说道。

他没有注意到当这位陌生人看到钱包里的钱时，眼睛里流露出了一丝贪婪。过了一会儿，他才意识到自己的这位旅伴并没有拿出想换的钞票。

“哦，好的。”陌生人无所谓地说，“不要紧。我可以在车站换到零钱。你是出门做生意吗？”他问道。

“是的，先生。”

“我也是。我来自纽约的阿诺德·康斯坦布公司。你一定听说过吧！我在那里工作了5年。之前在克拉弗林工作。”

“哦，是的。那是一家很有名的公司。”

“你还没告诉我你在哪家公司工作呢！”

“不，我这次出差是因为公司老板的私事。”

“哦，是的。我不想问得太多。你可以保密。”

“这不是我的事情。”

“是啊！对于商务代理来说，你也太年轻了。”

“确实，不过我每天都在长大。”

“一点也没错！这个笑话很有趣！”安迪的伙伴开始大笑起来，这让安迪不禁感到有些奇怪。

“很高兴见到你。你看，我是个喜欢交朋友的人，不喜欢一个人。你到芝加哥住在哪里？”

“谢尔曼大厦。”

“好地方！我经常住那里。但我觉得还是私人住所更有家的感觉。我有个朋友就住在城里，他有一栋两层楼的房子，过路的客人每位每天只收1美元25美分。我想你可能会喜欢跟我一起去那里住。住旅馆每天要花三四美元。”

安迪是个生性节俭的孩子，他觉得如果能够给克劳福德先生省点钱，他一定会很高兴的。问清楚具体的地点之后，他决定接受这个同伴的建议。安迪跟自己的这个新朋友（他的名字叫培瓦尔·罗宾逊）离开了车站，上了一辆马车，然后来到了城市南面3英里的一个地方。

他们一边往前走，道路两旁的房子开始渐渐稀疏起来。“你朋友住的地方看起来很偏僻。”安迪说道。

“是的，不过芝加哥是个大城市。所以住在哪里其实并没有

太大差别。街车可以带你到任何你想去的地方。”

“如果能住在市中心，那样会更好一些。”

“但是稍微远一些，你可以找到更便宜的住处。”

“是的。”安迪想，“反正我有足够的时间。”

最后，培瓦尔·罗宾逊示意马夫停车。

安迪跟他一起走出了车厢。他们好像来到了城市郊区。培瓦尔·罗宾逊带着安迪来到一栋看起来很破旧的房子前面。这栋房子一共有三层楼。“这就是我朋友住的地方。”他边说边走到房子前面的台阶上，按响了门铃。

两分钟后，一个长着红头发，穿着衬衫的男子打开了门。“你好，汤姆！”他叫道。

“我以为这个人的名字叫培瓦尔。”安迪自言自语道。

“这位年轻的朋友和我会在这里过夜。”培瓦尔·罗宾逊说道。

“好的。进来吧！”

左边的门窗被打开，安迪看到里面的地面是沙子做的，房子里有一个吧台。

“进来坐吧！”培瓦尔·罗宾逊说，“我跟朋友说句话。”

安迪走了进去，从桌子上拿起了一份《剪报》，这也是这房子里唯一的一份报纸。5分钟后，两个家伙回来了。

“我来拿行李。”穿衬衫的男子说，“我带你去看看你的房间。”

他们上了二楼，来到一个房间。房间很小，大约只有10平方英尺。角落摆着一张双人床。

“我想你们两人都会觉得很舒服的。”房东说道。

“我想我最好能单独一个房间。”安迪一点也不满意。

“对不起，房间都客满了。”

可是看起来不像，如果房间真的客满了，那么一定是房客们都出去了。安迪想了一下，本来想还是下楼搭车回城里去，可是他担心自己这样做会让人感到奇怪，所以就没有反对。

“我想我们可以应付。”培瓦尔·罗宾逊轻松地说道。

安迪可不这么想，但是他觉得现在反对显然并不恰当。“我去盥洗一下。”他看到旁边洗手架有个装水的盆子，于是就说道。

“好的！”培瓦尔·罗宾逊说，“就当在家里好了。我下楼去。你可以去那里找我。”

等到只有一个人的时候，安迪开始责备自己不应该轻易接受这个同伴的计划。他甚至不明白自己为什么会这样做。

“克劳福德先生并没有要我省钱啊！”他想，“他情愿我付一般价格住旅馆。我想我这种做法太愚蠢了。不过就当这次是个

教训吧！我以后会记住的。”

他向窗外看了看。这家旅馆，如果说这是一家旅馆的话，后面有很大一块地方，地上满是灰尘、锡罐，还有其他垃圾。

“我敢肯定，”安迪想，“这不是克劳福德先生希望我住的那种旅馆。”

洗完之后，他来到了楼下。经过酒吧门口时，他看到培瓦尔·罗宾逊正坐在一张桌子旁边，面前摆着一个瓶子和一杯酒。

“进来吧！安迪·格兰特，来点威士忌吧！”他说道。

“谢谢你，不过我不喝威士忌。”

“说不定你更喜欢喝啤酒呢？”

“我什么也不想喝，谢谢你。”

“你该不是说你禁酒吧？”

“是的，我想我是。”

“随你便吧！哦，对了，这里规定得先付房租。”

“多少钱？”

“1美元25美分。”站在酒吧后面的红头发男人说道。

安迪把钱递给他。

“我想或许你会多待几天呢！”

“不，我没有时间。我明天必须离开。罗宾逊先生，我想出去走走。”

“好的，晚餐两个小时之内准备好。”

安迪点了点头。他突然一转念，他想跑上楼去拿行李，这样他就可以去任何自己想去的地方了。但是他还是继续走出门外，开始到旅馆附近散步。看起来这里并不是个有趣的地方，而且显然距离市中心很远。

“如果在市中心的话，我可以更容易了解这座城市。”他想道。然后他又再次埋怨自己太愚蠢，居然这么软弱地接受一个自己并不了解的人的建议。走了大约半个小时之后，他开始慢慢往回走。因为周围没有什么可看的，所以他也没兴趣再继续散步了。

就在距离旅馆不远的地方，他遇到一个穿着体面的孩子，忍不住走上前去跟他讲话。

“你住在这附近吗？”他问道。

“不，不过我有位舅舅就住在那边的那间房子里。我白天过来跟表兄弟们一起玩。”

“我以前没有来过这座城市。我遇到了一个人，他把我带到那边的那栋砖房里。他说那里的价格比较便宜，所以才推荐那里。你了解那个地方吗？”

“我知道那个地方的名声很差。”

“你能告诉我你都知道些什么吗？那会对我有帮助的。”

“那家酒吧晚上生意很好。但是我听说有几个人曾经在那里被抢劫过。”

“谢谢你。我并不感到奇怪。我想我真是太愚蠢了。”

“你在那里订房间了吗？我希望你不会被抢。”

“我想我还是离开比较好，不过我担心如果我手里拿着行李下楼，他们会拦住我。”

“你的房间在哪里？”

“在房子的后面，正对着一片空地。”

“这样吧！”那孩子想了一下，然后说，“你已经付过钱了吗？”

“是的，不过我不在乎。”

“那你可以把行李扔到窗户外面，我可以帮你接着。然后你就可以坐车到城里去了。”

“你知道怎么去谢尔曼大楼吗？如果你肯带我去那里，我会付给你钱的。”

“好的。反正我也要回家。”

“那我去楼上拿行李。”

安迪走进自己的房间，打开窗户，发现自己的新朋友正在楼下站着。“准备好了吗？”他问道。

“你不用接。里面没什么会碎的东西。”安迪扔了出去。

“下来吧！到这里来找我！”

一个小时后，晚餐准备好了。培瓦尔·罗宾逊和另外三个人一起坐了下来。房东也坐了下来。

“那孩子在哪儿呢？”他问道。

“他一小时前出去了。”其中一位客人说道。

“他可能已经回来了，说不定在房间呢！”培瓦尔·罗宾逊说，“我去叫他。”

他很快来到楼上，走进安迪的房间，发现里面是空的。

“这孩子走得可真远。”他自言自语道。

然后他开始找安迪的行李。他突然意识到现在是搜查行李的好机会。

但是让他感到大吃一惊的是，行李居然不见了。

“肯定溜了。”他叫道。

“有人看见那孩子拿着行李出去吗？”他回来问道。

“我看见他出去，不过手里没拿东西。”房东说道。

“他走了，带着行李走了。”培瓦尔·罗宾逊非常气愤地说道。

“不管怎么说，他付房钱了。”房东满意地说道。

“谁管他的房钱啊！”培瓦尔·罗宾逊粗鲁地嘟囔道，“我想要的远不止这些。”

“你知道他去哪里了吗？”

“我想他可能去谢尔曼旅馆了。吃完饭后我去一趟，看看能不能在那里找到他。”

第 12 章

关键时刻

在男孩的带领下，安迪顺利地找到了谢尔曼大楼，并且办好了登记入住的手续。这让安迪感到非常满意，他很喜欢自己分配到的新房间。

吃完丰盛的晚餐之后，他在大厅里坐下，颇有兴趣地看着来来往往的人群。突然之间，他看到一个熟悉的身影走了进来。这个人正是他的同伴——培瓦尔·罗宾逊。他也很快认出了安迪。

他走到安迪坐的椅子前面，一脸生气的样子。

“终于找到你了。”他生气地说道。

安迪知道这个人没有权利干涉自己，于是就冷冷地说：“好像是的。”

“为什么给我开这种卑鄙的玩笑，孩子？”

“我的名字叫安迪，”安迪正经地说，“你有什么权利这样跟我讲话？”

“我现在就告诉你。没想到你居然这样回报我的好意。”

“我不知道什么好意。你是在火车上认识我的，然后带我到一个我并不想去的地方。”

“你为什么不愿意住在那里呢？”

“因为我发现那个地方名声不好，我老板不想让我住在那种地方。”

“你是个很独立的孩子，但是我想要你把从我这里拿走的钱包还给我。”

听到这么无耻的要求，安迪不禁感到震惊。“你什么意思？”他问道，“你知道根本没这回事。”

“你敢抵赖吗？如果你不把钱包还给我，我现在就叫人把你抓起来。”

安迪开始感觉有些紧张。他在芝加哥没有熟人。没有人能认出他或者是为他担保。要是这个人说到做到，叫人把自己抓起来怎么办？但是安迪毕竟是个勇敢的孩子，他根本不会屈服于别人的威胁。

两人的谈话引起了旅馆客人的注意，他们开始怀疑地看着安迪。看起来培瓦尔·罗宾逊处于非常有利的位置，因为他穿着体面，而且一副义正词严的样子。

“孩子，你最好把这位先生的钱包还给他。看到你这么年轻就偷别人东西，我感到很难过。”有位客人说话了。

“我为纽约的一位先生工作，”安迪说，“这个人是谋划要抢劫我的。”

“可能那孩子根本没罪。”另一位客人说道。

安迪发现自己的处境有些不妙，但他还是很清醒。“如果说这是你的钱包，”他说，“你能告诉我里面有多少钱？”

“这我也说不清，”培瓦尔·罗宾逊回答，“我花钱很随便，最近也没数过钱。”

“这可以理解，”有位老先生说，“我也不知道自己钱包里到底有多少钱。”

“钱包里面除了钱，还有什么其他东西吗？”安迪赶紧接着问道。

“我想里面还应该有几张邮票。”培瓦尔·罗宾逊猜道。

“我向你保证，年轻人，”那位老先生一副责备的口吻，“如果是我处在这位先生的立场，我肯定会马上叫警察的。”

“我更愿意给这位年轻人一次机会，”培瓦尔·罗宾逊显然是出于自己的原因而不愿意惊动警察，“我不想给他找麻烦。我只想要回我的钱。”

“您可真够体贴，”安迪批评着说，“刚好这里有位旅馆侦探。先生，您能过来一下吗？这边有件事情需要您了解一下。”一位看起来很沉稳的先生走了过来。

培瓦尔·罗宾逊根本不打算感谢这位老先生的好意，他可不想被认出来。

“怎么回事？”侦探走上前来，严厉地看着培瓦尔·罗宾逊，一边问道。那位老先生主动解释了事情的经过。侦探听完之后，看起来似乎觉得很好笑。

“这么说是这位先生指控这孩子抢劫他？”他问道。

“是的，先生，我们相信他有理由这么说。”

“我不相信！”刚才那位为安迪说话的绅士说道。

“你有什么要说的，孩子？”侦探转向安迪问道。

“这个人是我在火车上认识的。他带我去郊区的一家小旅馆，告诉我说那里会很便宜。我在那里的所见所闻让我感到怀疑，于是我就在没告诉他的情况下离开了那里。”

“你拿走了我不小心放在床上的钱包。当我后来上楼去的时候，我发现钱包和你都不见了。”

“你听到了吗，长官？”先前的老先生得意扬扬地说道。

“听到了。”侦探回答道。然后他转向培瓦尔·罗宾逊，用另外一副怀疑的腔调问道，“你从哪儿弄来这么多钱，汤姆·迈特兰德？”

培瓦尔·罗宾逊的脸一下子变白了。他知道自己被认出来了。“我不想追究了，”他说，“我不想让这孩子陷入困境。”

然后他转向大门，但是侦探的动作更快。“你今天必须跟我走，”他说，“你一直在玩一场大胆的信心游戏。我必须把你关起来。”

“先生们，”培瓦尔·罗宾逊脸色发白地说，“你们会允许这样的暴行发生吗？”

“这太过分了！”那位老先生激动地叫嚷道。

“我的朋友，”侦探问道，“你认识这个人吗？”

“不认识，可是……”

“那让我帮你介绍一下吧！这位是汤姆·迈特兰德先生，芝加哥最聪明的骗子之一。”他拿出手铐，很熟练地把它扣在培瓦尔·罗宾逊手上，然后带着他走出了旅馆。

安迪终于洗脱罪名了。

于是安迪开始继续自己的行程，他打算绕道旧金山前往塔库玛，在行程中，他发现他可以沿着北太平洋铁路一直走到尽头，然后乘坐马车走完剩下的路，一直到达普济。这似乎可以让他看到更多不同的东西，于是他决定走这条路。

在距离目的地还有几百英里的时候，他开始乘坐马车。一路上，尝尽了苦头，不过他也通过沿途的见闻对这个国家有了更多的了解。

乘坐马车的时候，遭遇抢劫的事情经常发生。在所有的抢匪中，有一个是最为可怕的，他的名字叫迪克·豪雷，他一向以胆大著称，据说前后抢劫将近20次。

当他们靠近迪克·豪雷经常出没的地方的时候，所有的乘客都感到巨大的焦虑，尤其是那位来自俄亥俄州，看起来非常瘦弱、憔悴的男人。

“你觉得我们会遇到迪克·豪雷吗，车夫？”他问道。

“我也说不准，先生。我希望不会。”

“你遇到过他几次了？”

“三次。”

“他每次都抢这辆马车吗？”

“是的。”

“车上乘客多吗？他们就让别人洗劫自己吗？”安迪问。

“大约10名。见到他你就知道了。”车夫耸了耸肩说道。

“如果你停下马车，我会吓死的。”瘦弱憔悴的男人说，“我知道我会的。我身上带了97美元50美分。”

“最好给他算了，总比死了好！如果你把钱给他，他不会给你带来任何危险。”

瘦弱男人嘟囔了一声，但没有做任何回答。

慢慢地，他们开始上坡了（因为他们此刻正走在山路上），这是一条比马车稍微宽一点点的山路。山路的一边是几百英尺深的山崖，需要特别小心。正在这个时候，前方出现了一个骑士，手里拿着来复枪对着车夫。

“停下，交钱，否则我就开枪了。”他叫道。

来者正是那可怕的劫匪——迪克·豪雷。车夫赶忙来了个紧急刹车。乘客们都意识到有事发生了，于是那个紧张的家伙把头探出窗外。他的脸马上变了颜色。“我们都完了！”他呻吟道，“劫匪！”

虽然安迪很勇敢，可是他还是感到有些震惊，其他乘客也是如此。

“我打算跳出去跟那个混蛋打一架。”有位乘客坚定地说，“可是实在没有地方。我们现在就在悬崖边上。”

“怎么办？”那位瘦弱的乘客已经完全陷入了恐惧之中。

“我想我们会被抢的。这总比掉到山崖底下好。”

“哦，我为什么要离开家啊！”

“我不知道。问我些简单点的问题吧！”刚才那个一脸坚定的人此刻厌恶地说，“像你这样的人根本不应该离开你们家的火炉。”

“停下马车，交出手表和钱包！”迪克·豪雷命令道。为了激起乘客的恐惧心理，他开了一枪。

结果却大出意料。拉车的马受到惊吓，失去控制，发疯似的往前冲去。迪克·豪雷还来不及意识到危险，他的马就跟自己的主人一起掉落到悬崖底下，马车顺势笔直地向前冲去。当乘客们最后看到迪克·豪雷的时候，只看见了他满脸惊恐地从悬崖坠落的表情。

“他完了！我们得救了！”瘦瘦的男人高兴地叫道。

马车得救了。要是马没有沿着山路往前跑的话，一切就会完了。很快，马车脱离了危险，来到了一个宽广的平地上。

车夫停下马，来到了车厢门前。“恭喜各位！”他说，“刚才实在非常危险，不过我们已经脱离险境了。迪克·豪雷再也无法抢劫马车了。”

“车夫先生，你真是个勇敢的人——你救了我们。”有位乘客说道。

“不是我，是马。”

“难道不是你让它们跑的吗？”

“不是，我可没那么大胆。它们是因为被来复枪的枪声惊吓到，所以才自己往前跑的。”

“迪克·豪雷真是个笨蛋。他以前难道没有在这个地方拦截过马车吗？”

“是的，他去年曾经在这里拦截过一次。”

“他成功了吗？”

“是的，他抢了不少钱。不过这次他可倒霉了。”

一路上安迪再也没有遇到过任何值得一提的事情。毫无疑问，他非常喜欢这次出差。沿途的景色对他来说都是新奇而陌生的。他从来没有想过自己会见到这样的地方，而恰恰因为如此，他才更加喜欢这次出差。

最后，他到达了塔库玛。整个城镇零零落落地建在山边。都是一些很不起眼的建筑。但它们很快就会变得重要起来。他在塔库玛旅馆住了下来，旅馆的规模不大，晚餐过后，他走出去看看这座小镇。

他找到他跟克劳福德先生共同买下的那块土地，发现这块地就在距离小镇商业区不远的地方。人们很容易就可以看出，这块土地很快就会升值，尤其是在北太平洋铁路完工之后。

下午的时候，安迪感觉有些累，于是他坐在房间里，看一本他在期刊商店买来的书。房间的隔墙很薄，很容易听到隔壁房间传来的嘈杂声。慢慢地，他的注意力被一阵咳嗽声吸引住，还传来了一声呻吟，说明有个人很不舒服。显然，隔壁住的是一个病人。

安迪的同情心被激发了起来。他感觉生病的人单独待在一个偏僻的角落里，周围也没有人照顾是一件很凄凉的事。犹豫了一下之后，他离开了自己的房间，敲响了隔壁的房门。

“请进！”里面的人回答。

安迪打开门，走了进去。床上躺着一个男人，年纪已经不小了，脸孔深陷，看起来病得不轻。

“我想您一定是病了。”安迪温柔地问道。

“是的，我得了传染病，这次恐怕撑不过去了。”

“没那么糟糕，”安迪安慰道，“没有人照顾您吗？”

“没有，这里每个人都忙着赚钱。我找不到人照顾。”

“您在塔库玛没有亲近的朋友吗？”

“没有，在其他地方也没有。我在塞拉库斯有个外甥女，她还在上学，她是我唯一的亲人，是我唯一能够求助的人。”

“如果您需要钱……”安迪开始说，他感觉提供金钱帮助是一件很微妙的事。

“不，我不需要钱。我想我确实看起来很穷，因为我从来不关心自己的外貌，但是我是塔库玛最大的不动产所有者之一，而且我在旧金山的银行里还存了几千美元。但是有钱又怎么样呢？看我这样子，一个人躺在这里，就快死了。”

“我会尽量帮助您的，”安迪说，“我是外地人，我到这里来是为了帮纽约的一位先生办事。他授权我在塔库玛买一些土地，等你好些的时候，我可以买下您的土地，如果您愿意卖的话。”

“可以，我很乐意你那样做。我希望能够在你的帮助下好转，我本来已经打算放弃了。”

“那我要看看我能做些什么。我可以花钱请护士吗？”

“随便花多少钱……需要的话，每星期50美元也行，我花得起。”

“我现在马上去。看看是否能顺便买些柳橙回来。”

安迪离开了旅馆，走到汽船码头。码头上空荡荡的，只有两个人。一个是大约30岁的年轻人，露在外面的皮肤晒成了古铜色，看起来像个农民，旁边放着廉价的大箱子，箱子上坐着年轻一些的妇女，一副疲惫而焦虑的样子。那位年轻人（毫无疑问是那位妇女的丈夫）看起来正在发愁。

“午安，”安迪心情愉快地说，“你们遇到麻烦了吗？我能为你们做些什么吗？”

“哦，孩子，我们现在正有麻烦。我是从依俄华州来的，这位是我太太，我们到这里来找我表哥，他答应帮我找份工作。可是等我来到这里的时候，我发现他已经离开塔库玛。现在我口袋里只剩下不到5美元了，也没有找到工作。我不是个胆小鬼，可是我真的不敢想象我们会落到什么下场。”

这时安迪突然想到了一个主意。“您的太太，”他问道，“她会照顾病人吗？”

那位妇女突然眼睛为之一亮。“我曾经照顾过爸爸一年，”她回答，“我是个不错的护士。”

“她是我所见过最好的护士。”她丈夫接着说道。

“好极了！我可以帮你找份工作。我的一位朋友，大概跟你爸爸差不多年纪吧！他生病了，现在就住在塔库玛旅馆。他并不在乎钱。你现在能跟我一起来吗？这样你每星期可以得到25美元。”

“我很乐意。这可是一笔巨款啊！”妇女惊讶地说道。

“跟我一起来吧！你丈夫也可以一起来。”

“玛丽亚，这就是运气吧！”她丈夫显然是高兴过头了。“跟这位先生去吧！我到镇上找个便宜的房间。我来拿箱子。”

他扛起小箱子，然后他妻子就跟安迪一起走了。

几分钟之后，她来到了病人的房间，很快安迪就发现她确实很会护理病人。他又找来了一位医生。塞斯·约翰逊先生——也就是这位病人，很快就得到了照顾。他对安迪的安排很满意，并且支付了格雷汉姆太太的旅馆费用。他并没有很快康复，因为他还是浑身没有力气，不过他恢复得很稳定。

玛丽亚的丈夫也在几天之内找到了工作，也就有了希望和勇气。“你对我比我的表哥对我还要好，安迪。”几天以后，格雷汉姆说，“你让我重新站起来，我现在不害怕了。”

第 13 章

塞斯·约翰逊的礼物

四个星期过后，塞斯·约翰逊已经渐渐恢复了健康。当初安迪发现他的时候，他的身体几乎已经垮了，正处在非常关键的时刻。精心的护理挽救了他的生命。

当他能走动的时候，他跟安迪去看自己的地产。他有一片地跟克劳福德先生的差不多大，只是距离镇中心稍微远一些。

“这块地您想卖多少钱？”安迪问道。

“我不想全部都卖掉。”塞斯·约翰逊说道。

“我想您说过您要离开塔库玛镇。”

“是的，但我打算把其中的五分之一送给一位朋友。”

“那您能告诉我剩下的五分之四大概是什么价格吗？”

“5000美元会不会太多呢？”

“这个价格我可以买。”安迪立刻说道。

“你不问我要把那五分之一送给谁吗？”

“可能是一个我不认识的人吧！”

“恰恰相反，他是一个你熟悉的人——就是你。”

“我怎能接受价值这么高的礼物呢？”安迪惊讶地问道。

“你救了我的命。要不是你找到了我并跟我成了朋友，我或许不会活到现在。‘一个人会用自己的全部财产去换取性命。’《圣经》说过。我不会用自己的全部财产，我只是给五分之一罢了，而且我还在旧金山存了1万美元呢！”

“真是太感激您了，塞斯·约翰逊先生。我是个穷孩子，您的这份礼物可以让我帮我爸爸摆脱困境，他现在的处境非常艰辛。”

“我建议你暂时不要出售这块土地，你可以一直等到时机适当的时候。当北太平洋铁路修建完成的时候，这块地的价格肯定会升高很多。你还年轻，可以等。我年纪大了，也不想赚更多钱

了。我现在有足够的钱可以度过余生了。”

当安迪开始返回纽约的时候，塞斯·约翰逊先生陪他一同前往。他们一致同意在克劳福德先生的办公室里完成最后的交易。他们一路平安到达办公室，安迪跟他的新朋友一起来到了老板的办公室。

“希望您能对我所做的一切感到满意，克劳福德先生。”安迪说道。

“绝对满意。你做了一笔很好的交易。至于你的奖励，我会给你500美元。”

“可是，克劳福德先生，塞斯·约翰逊先生已经给了我五分之一的土地了啊！”

“是的，不过那是他给你的礼物，不是我的。你不用担心自己会变得太有钱，你需要这些钱。”

“是的，先生，我现在可以帮我爸爸摆脱忧虑了。”

按照约定，克劳福德先生支付了其他五分之四的钱，约翰逊先生送给安迪的那部分一共价值1250美元。可是三个月以后，随着铁路开始建成通车，它的价格涨了一倍。但是安迪并没有立即将它出售，再过一年，他父亲的抵押就到期了，他希望能够为此做好准备。

此外，安迪也努力地掌握不动产行业的所有细节。或许是因为他自己也拥有不动产，所以他对这个行业产生了很大的兴趣。他目前还不能经常回亚顿，不过他每个星期都会写信回家。信件通常寄给他的妈妈，因为相较之下，他父亲更喜欢在田里工作。

他还经常听到朋友们的消息。没有什么比瓦伦丁·伯恩斯的来信更让他感到高兴了。就在抵押快要到期的三个月前，他收到了瓦伦丁的一封信，上面写道：

亲爱的安迪：

我希望能够常常见到你，但我知道你很忙，而且正在取得成功。这让我感到非常高兴。你在上一封信里告诉我你现在每个星期能赚15美元，这让我感到非常高兴。我想告诉康拉德，可是我觉得你可能不希望我这么做。他现在比以前更狂妄，更讨人厌了。虽然我不知道为什么，可是我知道他似乎很不喜欢你。我前几天见到他，他向我问起你的情况。

“他最近一直没有回亚顿。”他说道。

“是的，”我回答，“他太忙了。”

“说不定是因为他付不起车费呢！”康拉德说道。

“我想他的薪水很高。”我说道。

“这个我很清楚。最多不超过6美元。”康拉德说道。

“他这么告诉你的吗？”我问道。

“没有，不过有人告诉我了。”他回答。

“我希望我能赚6美元。”我说道。

“6美元不够你生活用的。”他反驳道。

“是的，或许确实不够。”我承认道。

“他很快就会无家可归的。”康拉德停顿，然后说道。

“为什么？”我问道。

“他父亲把农场抵押在我父亲这边，再过三个月就要到期了。”他回答。

“他肯定赎不回吗？”

“是的。”康拉德说，“老格兰特必须离开农场去住个穷地方，或者去一些像圣马丁那样的小地方。那栋房子有四个房间，对于破产的人来说，已经足够了。”

这件事让我感到非常不安。安迪，我希望你能够找到朋友帮你偿还抵押款。我听说卡特先生正在跟一个城里人商量买你家农场的事。显然，他肯定认为你家这个农场最终会落到他的手里。

当安迪看到这封信的时候，他笑了。“恐怕康拉德和他父亲会失望的，”他自言自语道，“那个城里人恐怕也不得不再找其他地方投资了。”

这天，安迪遇到一个惊喜。就在百老汇，他突然看到前面站着一个看起来很熟悉的身影。他立刻认出了那个高大、有些驼背，长着白头发的人正是克拉博博士，潘赫斯特学校的校长。他赶紧走上前去。"克拉博博士！"他叫道，"好久不见了。我希望您一切都好。"

博士迷惑地看着他，安迪已经长大了很多，博士一时认不出他来。"我想你是我以前的学生吧！"他说，"不过我还是要问一下你叫什么名字。"

"您不记得安迪·格兰特了吗？"

"天啊！这可能吗？你已经长这么高了。"

"是的，先生，我可不想一直长不高。"

"你现在在做什么呢？"

"我在这座城市里工作。"

"那很好，不过你没有继续读书真是太可惜了。"

"离开学校的时候，我也这么想，不过我已经适应了。"

"毫无疑问，无论在哪里，你都会尽职尽责的。你现在做什么生意呢？"

"我在一家不动产公司。"

"收入应该不错吧？"

"每个星期15美元。"

“我付给我的助理也是这么多。你一定很满意。你父亲现在怎么样了？”

“他很好，先生，不过那次的损失确实给他带来压力。”

“当然。他把自己的农场抵押了吗？希望不会被接收。”

“是的，有可能，不过如果有问题，我会帮助他的。”

“我不是个资本家，安迪。我对于拉丁文和希腊文要比对投资更加了解，可是如果几百美元能够帮助你父亲的话，我很愿意帮助他。”

“谢谢您，克拉博博士，我的老板会帮助我的。”

“我很高兴听到这些。我希望你能够回学校。你是我们学校最好的学生，我不想失去你。你有一天会继承我的位置的。”

“我希望您要过很久时间才需要继承者，博士。我有信心在我的行业里取得成功。”

这天下午，安迪忙着在办公室里写东西，突然他听到有人喊自己的名字，一抬头，他看到了刚刚走进门的华特·盖尔。

“盖尔先生！”他高兴地叫着，立刻从椅子上站起来，跑上前去抓住老朋友的手。

“你还记得我吗？你变化这么大，我都快认不出你了。”

“是的，我想我长高了一些。”

“也更像个男子汉了，我不用问你过得怎么样了，你的样子已经说明了一切。”

“我过得好极了，您什么时候回来的啊？”

“今天早上。你看，我马上就来找你了。”

“您会留在纽约吗？”

“是的，”盖尔先生心情沉重地说，“我可怜的叔叔已经去世了。他的病给他带来了很大的痛苦和折磨，他现在可能会更好些。”

“我很高兴看到您回来。我希望能够经常见到您。”

“你会的。我在麦迪逊大街租了一间漂亮又宽敞的房子，我希望你过来跟我一起住。”

“如果您让我付我那部分房租，我倒是很愿意跟您一起住。”

“你跟我一起住就算付房租了。我不会接受你其他任何报酬的。我叔叔留下了一大笔遗产给我，至少有10万美元——我现在比以前更富有了。”

“我当然愿意接受您的提议，因为我知道您一定喜欢跟我在一起。”

“你在教一个孩子拉丁文，对吧？”

“是的，不过他进步很快，现在几乎已经不需要我了。我完全可以接受您的提议。”

“晚上来找我吧！安排一下，明天搬家。我一个人很孤单，希望能有个年轻又开心的人做伴。”

当安迪当天晚上来到朋友家的时候，他发现里面装修得非常豪华。第二天晚上，他搬了进来。

“亚顿有什么消息吗，安迪？”盖尔先生问道。

“没有太多消息，除了卡特乡绅正准备下星期接收我爸爸的农场。”

“是这样吗？我们一定不能让这样的事情发生。”

“是的，我在银行里存了1000美元，我明天问克劳福德先生是否愿意提前付给我2000美元——我可以把我在塔库玛的那些土地卖给他。”

“这没必要，我可以先借给你2000美元，你什么时候卖土地，什么时候再还我就行了。”

“这太好了，盖尔先生，这可真帮了我大忙。”

“别这么说。我钱太多了，正不知道该怎么花呢！”

“其他像您这样有钱的人也未必会帮我啊！”

“我是你的朋友，这不一样。什么时候你去亚顿，我跟你一起去。我想看看那个地方，我曾经在那里度过了一个非常愉快的夏天，还交了一个这么好的朋友。”

“我很高兴能跟您一起回去，盖尔先生。”

两天之后，当安迪正沿着百老汇走回自己的新家的时候，他看到前面有一个熟悉的身影——那是个年纪跟自己差不多的孩子的身影。很明显，那孩子喝醉了，因为他连路都走不直。

当他半转过身的时候，安迪一下子认出了约翰·格兰戴尔——就是那个在弗林特先生商店里陷害过自己的孩子。安迪没有理由喜欢他，不过他的同情心还是再次被激起了。

“约翰，”安迪拉着他的胳膊说，“你怎么这样呢？”

“你是谁？”约翰咳嗽着问道。

“我是安迪·格兰特啊！你不认识我了吗？”

“是的，你以前在弗林特先生店里工作。你要把我带到哪里去啊？”他怀疑地问道。

“去我的房间。晚上我会照顾你。你现在在做什么呢？”

“我在华尔街工作，不过昨天刚被解雇。我拿了他们给我的钱去喝酒了。”

“这太愚蠢了。你舅舅呢？”

“他去芝加哥了。我真是倒霉，安迪。”

“如果你能改过自新，不再喝酒，我会看看是否能替你找份工作。”

“真的吗？”约翰满怀希望地问道，“你不恨我吗？我认为你应该恨我。我把你赶出了弗林特的珠宝店。”

“你不知不觉间帮了我一个大忙。”

“你真是个好人，”约翰咳嗽着说，“我很后悔以前那样对你。”

“我不后悔，正因为你那样对我，所以我才得到了现在的工作。我们要拐弯了。”

“你住哪里啊？你一定很有钱吧！”

“麦迪逊大街。”安迪笑着说，“如果你努力工作，你也会成为有钱人的。”

当他们走进房子的时候，约翰惊讶地望着四周。“你怎么住得起这样的地方呢？”他说道。

“因为我的朋友负担了大部分的开销。好了，我来帮你脱衣服吧！我们还有个空房间，你可以住在那里。明天早晨，我叫你起来吃早餐。”约翰·格兰戴尔很快就睡着了。

几分钟后，盖尔先生回来。

“我们今晚有位客人。”安迪说道。

“你的朋友？”

“我们有可能成为朋友，可是到目前为止，他还不是。”

然后安迪告诉盖尔先生，关于约翰·格兰戴尔企图陷害自己的事情。

“可是你还是把他当成朋友？”

“是的。您不会吗？”

盖尔先生笑了笑。“告诉我你为什么这样做？”他说道。

“我又不恨他。而且，如果我们只是帮助那些我们喜欢的人，那样做有什么值得夸奖的。”

“的确如此。我帮助你也没什么值得夸奖的。”

“您别把我当成忘恩负义的人，盖尔先生，我非常感激您为我所做的一切。”

“我明白，安迪，你做的事只会让我更加喜欢你。你还有什么计划？”

“我想帮约翰找份工作，给他改过自新的机会。他现在特别需要朋友。”

“他应该有个朋友。我们都可以帮助他。”

当约翰第二天早晨醒来的时候，他发现自己清醒了。他开始为安迪发现自己而感到羞愧。

“你有家吗，约翰？”安迪问道。

“没有，我是有个房间，不过我把能到手的钱都花光了，所以他们不让我继续住在那里，我也不知道该怎么办。”他垂头丧气地说道。

“要是我们帮你找份新工作的话，你会接受吗？”

“是的，我会。”

“那么我们会帮你的。你可以留在这里，直到我下午下班回来，然后我会帮你找个住的地方。”

“你真是个好朋友，安迪。你是我最好的朋友。”

一个星期后，约翰在珍珠街找到新工作，并在柯林顿大街（也就是安迪刚到城里来的时候住的地方）住了下来。他确实改过自新了，成了珍珠街商店里最受欢迎、最受信任的伙计。

安迪拯救了他。

第 14 章

结 局

卡特乡绅迫切等待的这一天终于到来。斯德林·格兰特的农场抵押到期，他准备收回抵押品。城里有一位绅士非常喜欢那个农场，准备出8000美元买下它。

然而卡特乡绅希望能够用不到5000美元买下农场。显然，他这么做是在占农场主人的便宜，但正像乡绅得意地告诉自己的那样，“生意归生意！”这些话经常被他用来当作许多卑鄙行径的

借口。

吃晚餐的时候，斯德林·格兰特看起来忧心忡忡。“亲爱的，”他说，“恐怕我们明天必须离开这个农场了。”

“你觉得乡绅真的会收走它吗，斯德林？”

“我知道他会的。我今天去见过他，求他宽限一年的时间，他没有答应。”

“我不明白为什么有些人会那么冷酷。”格兰特太太气愤地说道。

“那就是乡绅的本性。他说生意归生意。”

“我想或许安迪能够帮我们做些什么。他有500美元，可能还会有更多。”

“没有用，亲爱的。我告诉乡绅或许我们可以支付部分抵押金，可是他根本不听。他说要么全交，要么不交。”

“我敢肯定安迪一定会帮我们的。”

“我知道，可是抵押金是3000美元。我想恐怕安迪也无能为力。”

一阵沉默之后，“我想你是对的，斯德林，”他的妻子长叹说，“我想或许安迪现在应该已经到了。”

“回来也没用，除非他带钱回来。我们最好别指望他，那样只会让我们更加失望。”

“安迪可能搭乘7点钟的火车回来。斯德林，如果乡绅收走农场，我们要怎么办？”

“那样我们还会剩下一些钱，不过恐怕不多。”

“难道这地方不值6000美元吗？”

“是的，但如果强制拍卖，那就卖不到6000美元。乡绅今天下午告诉我，除了抵押金之外，他另外出的钱不会超过1500美元。”

“这么低的价格就出售，简直是罪恶。”

“我们必须接受我们所能得到的。”

晚餐过后，农场主人拿起帽子，神情凝重地绕着农场散步。他感觉自己就要跟这个农场告别了。到现在为止，这个农场一直都是属于自己的。可是到了明天，它就会属于别人了。

“这真让人难以忍受，”他叹气道，“不过我也没有办法。不管怎么说，我们不能挨饿。”

他还有一间小房子，那里有半公顷跟村子的郊区连接在一起的土地，他可以从那里收到一些微薄的田租。关于这点，他已经问过了并决定要买下那块地。

“可是这真是丢人。”他妻子反对道。

“我们现在无法顾及面子，亲爱的，”他说，“我们可以在里面摆上我们的家具，让它感觉更像个家。”

“可是我们怎样才能有收入呢，斯德林？”

“我白天可以出去工作。说不定那个买下我们农场的人（我听乡绅说他已经找到买家了）会雇用我。”

“以你的年纪，怎么能够出去工作呢，斯德林！”他妻子不满地说道。

“是很难，不过如果有必要的话，我是会这么做的。”

“可是我想帮忙，斯德林。我可以缝制衣服。”

“不用。我不会同意的。”

“我们今天先不讨论这个。过一天算一天吧！”

就在这个时候，他们听到外面传来车轮的声音，一辆马车停到了门前。“我相信是安迪！”格兰特太太高兴地叫道。

确实是安迪！一分钟过后，他已经走进房子里了。

“我迟到了。”他说，“我没赶上那班火车，所以只能跑到6英里之外的斯达西，不过我在那里找了个车夫把我载回来。”

“很高兴见到你，安迪。”妈妈说道。

“我也是。”斯德林·格兰特说，“虽然现在我们都很难过。”

“为什么难过呢，爸爸？”

“乡绅明天就要收走农场了。”

“不，他不会的。我会付给他3000美元的，爸爸。”

“你有钱？”父亲显然感觉有些难以置信。

“是的。”

“可是，你是……”

“别问了，爸爸。您只要知道我有钱就行了。”

“感谢上帝！”农场主人激动地说道。

第二天中午，卡特乡绅按响了农场主人家的门铃。他穿得非常整齐，脸上挂着一抹胜利的笑容。安迪打开门。

“请进，先生。”他说道。

“哈！你在家啊，安迪？”

“是的，先生。”

“呃！你父亲可真不幸。”

“那你想收走农场吗？”

“是的，我需要钱，必须这样做。”

“这对一位老邻居是不是太残忍了？”

“你还是个孩子，安迪，你不懂，生意归生意。”

格兰特先生和格兰特太太正坐在炉火旁边。他们看起来很平静，一点也没有像乡绅预料的那样悲伤。

“啊！我的朋友们，我很为你们感到难过！”乡绅敷衍地说，“生活总是充满了失望，正像《圣经》里写的那样。”

“你准备怎么处置农场，先生？”农场主人平静地问道。

“要是能找到买家的话，我会卖了它。我还没想清楚。”

“是啊，先生。你不能在小鸡还没孵化之前就先数自己有多少只小鸡。”安迪接着说道。

“安迪，你太狂妄了。”乡绅不悦地说，“我知道，毫无疑问，我会把这个农场卖掉。”

“您觉得我父亲会怎样呢？”

“这不是我的问题。如果是我经营农场，我会雇用他在这里工作的。”

“他已经决定要在这里工作了。”

“不管有没有我的允许吗？”乡绅冷笑道。

“一点也没错。”

“我不明白。”乡绅说道。

“我想是的，不过当我告诉你，我们已经准备好付给你抵押的3000美元时，你就会明白了，这个农场将会继续属于我父亲。”

“这不可能！”乡绅脸色发白地叫道。

“很有可能，先生。契约你带来了吗？”

“带了。”

“那么，爸爸，现在就可以把钱还给他。”

格兰特先生拿出了一个大钱包，从里面数出了30张100美元的钞票。

“我想数目是对的，先生。”他说道。

“不，你还没付利息呢！”乡绅叫道。

“这是100美元——足够付利息了。”

10分钟后，卡特乡绅紧皱着眉头离开农场。他失望极了，即使收回了借款也没能让他感到满意。让他失望的事情还不止于此。

他在纽约的那位弟妹起诉他侵占父亲遗产，不久之后他被迫偿还5000美元。这笔钱让寡妇和她儿子的生活改善了很多，可是却让乡绅卡特大为尴尬，而且他在另一次的投机生意中也损失不少。

看来康拉德不得不出去找工作了，但是每星期也只能赚到4美元而已。以往他看不起的孩子如今发达了，所以他感觉自己受到了巨大的耻辱。

安迪出售了他在塔库玛的土地，现在手头上有2万美元。他继续跟自己的朋友华特·盖尔住在一起，并在21岁的时候成了克劳福德先生公司的合伙人。

我们的故事中还有一些不太重要的角色，比如说拜伦·华伦，他在小刊物上发表了一篇故事为自己的成功感到自豪。他继续为《世纪》和其他一些比较出名的杂志写诗。尽管他的这些诗总是被拒绝，但他还是希望有一天自己能够收到更加友好的回复。

瓦伦丁·伯恩斯则在克劳福德先生的公司找到一份工作，而他的表现也非常令人满意。

西蒙·李奇——弗林特先生珠宝店里的那个领班，后来成了一名诈骗犯，被迫逃到加拿大。

山姆·培金斯还整天戴着绚丽的领带四处招摇，不过他现在的薪资已经上升到每星期10美元。

格兰特先生和他的妻子为安迪的成功感到幸福，他们再也不用担心自己的农场会落到别人手上。让人感到意外的是，格兰特先生居然收到了内森·劳伦斯（本顿银行那名逃跑的收银员）寄还的1000美元，除此之外，对方还向他保证一定会归还全部的3000美元。

“毕竟，爸爸，”安迪在给父亲的一封信中写道，“我当初被迫离开学校也许是一件幸运的事情。因为它正是我现在走向富裕的开始。”

图书在版编目（CIP）数据

格兰特的生意经：名门之后的复兴之路 / (美) 霍瑞修・爱尔杰著；陈安易译.
-- 南昌：百花洲文艺出版社, 2017.1
ISBN 978-7-5500-2005-4

Ⅰ. ①格… Ⅱ. ①霍… ②陈… Ⅲ. ①儿童小说 - 长篇小说 - 美国 - 现代
Ⅳ. ①I712.84

中国版本图书馆CIP数据核字(2016)第278792号

江西省版权局著作权登记号：14-2017-0020

格兰特的生意经：名门之后的复兴之路

[美] 霍瑞修・爱尔杰 著　陈安易 译

出 版 人　姚雪雪
特约编辑　周天明
责任编辑　王丰林
书籍设计　彭　威
制　　作　张诗思
出版发行　百花洲文艺出版社
社　　址　南昌市红谷滩新区世贸路898号博能中心20楼
邮　　编　330038
经　　销　全国新华书店
印　　刷　江西千叶彩印有限公司
开　　本　720mm×1000mm　1/16　　印张　14.75
版　　次　2017年5月第1版第1次印刷
字　　数　135千字
书　　号　ISBN 978-7-5500-2005-4
定　　价　29.80元

赣版权登字　05-2016-390

邮购联系　0791-86895108
网　　址　http://www.bhzwy.com
图书若有印装错误，影响阅读，可向承印厂联系调换。